A E
& I

El dinero del diablo

Autores Españoles e Iberoamericanos

Esta novela resultó finalista del III Premio Iberoamericano
Planeta-Casa de América de Narrativa 2009,
concedido por el siguiente jurado:
Federico Andahazi, Juan Eslava Galán, Gabriel Sandoval,
Paco Ignacio Taibo II e Imma Turbau.
La reunión del Jurado tuvo lugar en México, D. F.
el 29 de marzo de 2009.
El fallo del Premio se hizo público dos días después
en la misma ciudad.

Pedro Ángel Palou

El dinero del diablo

Finalista del Premio Iberoamericano
Planeta-Casa de América de Narrativa 2009

Obra editada en colaboración con Editorial Planeta – España

© 2009, Pedro Ángel Palou
c/o Guillermo Schavelzon & Asoc., Agencia Literaria
www.schavelzon.com
© 2009, Editorial Planeta, S.A. – Barcelona, España

© 2009, Editorial Planeta Mexicana, S.A. de C.V.
Avenida Presidente Masarik núm. 111, 2o. piso
Colonia Chapultepec Morales
C.P. 11570 México, D.F.
www.editorialplaneta.com.mx

Primera edición impresa en España: mayo de 2009
ISBN: 978-84-08-08680-2

Primera edición impresa en México: mayo de 2009
Primera reimpresión: septiembre de 2009
ISBN: 978-607-07-0144-3

Impreso en los talleres de Litográfica Ingramex, S.A. de C.V.
Centeno núm. 162, colonia Granjas Esmeralda, México, D.F.
Impreso en México – *Printed in Mexico*

A Indira, el mundo sigue amueblado por tus ojos

NOTA DEL AUTOR

—

Cuando estaba a punto de concluir este manuscrito, el portavoz de la Santa Sede, Federico Lombardi, entregaba un comunicado especificando que recién en 2014 se podrá realizar la apertura de los archivos secretos que contienen los documentos del controvertido papa Pacelli. La razón, según él, estriba en la dificultad de catalogar los más de dieciséis millones de documentos existentes. La comunidad judía internacional exige poder verlos. La verdad histórica también.

Este libro busca estar allí, en medio del debate. Es sumamente significativo que Benedicto XVI, quien acaba de defender públicamente al papa Pío XII en su homilía para recordar el aniversario de su muerte, haya dicho recientemente que el proceso de beatificación que había anunciado en 2008 y que da pie a esta novela, se va a retrasar para analizar los reclamos de la comunidad judía y reflexionar profundamente sobre el tema.

Los documentos más comprometedores que pertenecieron a Pío XII, sin embargo, desaparecieron el mismo día de su muerte. La madre Pascualina —su leal asistente personal— se encerró en el departamento de Pacelli y llenó tres grandes sacos de tela. Ella misma los bajó, sudorosa, y los arrojó al incinerador del Palacio Lateranense. No se movió de allí hasta que fueron reducidos a cenizas.

Ésta es una obra de ficción basada en documentos originales y en investigaciones realizadas en archivos secretos, gracias a la colaboración de algunas personas que pertenecen a redes de espionaje dentro y fuera del Vaticano, lo que me impide mencionarlos por su nombre en los agradecimientos.

Muchos otros se negaron a colaborar e incluso me amenazaron al conocer que esta novela era el objetivo de mis investigaciones, como si la montaña de fango aún pudiese alcanzarlos.

Al final del libro, el lector curioso encontrará una amplia bibliografía, que le permitirá continuar adentrándose en los vericuetos del poder sostenido por los hombres de barro, tan lejanos a las aspiraciones divinas.

De nada sirve saber quién empuñó el arma, sino quién dio la orden y qué es lo que quiso ocultar o enterrar para siempre.

Diciembre de 2008

Los que más han amado al hombre le han hecho siempre el máximo daño. Han exigido de él lo imposible, como todos los amantes.

Nietzsche

Lo sabías, pecar no significa hacer el mal; no hacer el bien, esto es lo que significa pecado. ¡Cuánto bien podías hacer! Y no lo hiciste: no ha habido pecador más grande que tú.

«A un Papa», Pier Paolo Pasolini

El desierto quema.

El desierto esconde.

El desierto es inmenso, como la pérdida. Ignacio Gonzaga siente que no debe volver por ningún motivo. Ha huido de la mentira, de la estulticia, de la falta de fe y ahora ha vuelto a creer en el amor. Sólo el amor salva: es poderoso.

Es el único motivo de su existencia: estar allí, en medio de la muerte. Servir en el peor lugar del mundo, acaso el último donde hace falta.

En medio de esos campamentos de refugiados, los otros no son los únicos desplazados. No es el único con miedo. Como si todos los que se desplazan no quisieran llegar nunca: o hacerlo lo más tarde posible.

«Toda guerra es estúpida», le había dicho hacía muchos años su querido padre general, a quien llamaban con miedo el Papa Negro. Diminuto y transparente a causa de la radiación de la bomba atómica, su superior. Él había presenciado en Hiroshima cómo el mal se convertía en un hongo denso, irrespirable.

«Y es estúpida —decía el sobreviviente de la peor guerra—, porque sacrifica lo único que vale la pena, la vida de un ser humano, el argumento central de la creación.»

El jesuita, ahora, en el desierto, no estaba tan seguro de ello. Los humanos, al fin y al cabo, eran los amos de la guerra y del dolor. Engendros, más que creaciones divinas.

Adonde se voltea la cabeza aparece la dueña de las horas, de los días y de la muerte.

El odio ha sido sembrado en dondequiera: los humanos nos alimentamos de él y de la mentira, su corrupta hermana. Por una mentira él ha huido. Desde la mañana hasta el anochecer dedica sus horas a ofrecer consuelo: lo mismo a un herido que a quien ha perdido las extremidades o la vista.

El mundo explota, es una gran bomba de tiempo. Ellos son los retazos de la cobardía, del silencio, del estupor.

Una mujer esta mañana le ha tomado la mano, apretándosela con fuerza. Hablaba árabe. Él la dejó, pero después de unos minutos quiso quitársela; ella entonces se aferró aún más a la mano del sacerdote. Soltó lágrimas y le suplicó que no la dejara sola. «Voy a morir, ayúdame», le decía al tiempo que señalaba con la mano libre a su hija pequeña que se arrastraba entre la arena.

La niña no tenía un brazo. Le preguntó qué era lo que le había pasado a su hija. «El fuego, el fuego», repetía la mujer, aturdida. Ardía en fiebre.

Tenía razón: no habían escapado de la guerra, eran los refugiados del infierno.

El mundo se caía en pedazos. Imposible salvarlo.

Y él no tenía fuerzas ya para oponerse al mal. Sólo en las películas triunfa siempre el bien, se dijo. Esa noche, el agua caliente de la ducha improvisada no lograría lavarlo.

Una llamada telefónica desde Jerusalén en la tarde. Una cita a comer. La esperanza de ver siquiera por unas horas otro escenario menos macabro.

¿Y la niña sin brazo? ¿Qué podía hacer él por ella o por la madre moribunda? Las trompetas derriban las murallas de Jericó. Todo se hace añicos, incluso la esperanza.

Aprovechó la llamada de su amiga forense, doctora también de la muerte, para salir rápidamente del lugar. Traspasar la frontera, saber que siempre se está en el otro lado.

1

El primer cuerpo apareció el Domingo de Resurrección. En su pequeña habitación de Borgo Sancto Spirito, el jesuita había sido decapitado y, recostado sobre la cama, sostenía entre las manos una nota de advertencia: «¿Cómo puede Satanás echar fuera a Satanás?» Su cabeza, ya separada del cuerpo, yacía sobre el escritorio en una bandeja ensangrentada, acompañada de un trozo de tela. La habitación, en completo desorden. Quienquiera que hubiese estado allí buscaba algo, desesperado, y a juzgar por el estado en el que había quedado el cuerpo del padre Jonathan Hope, no lo encontró.

El padre general fue avisado de inmediato y dio la orden de embalsamar el cuerpo allí mismo, en la enfermería. Debían proceder con cautela, hacer ellos las investigaciones, le dijo a su secretario privado, el italiano Pietro Francescoli.

—Ni una palabra a nadie de lo ocurrido. ¿Me entiende? Que nuestro médico firme el acta de defunción ya, cuanto antes, mejor.

Francescoli era metódico y servicial. Esto último podía lograrlo tantas veces como se lo propusiera con su superior, pero el padre general era impredecible y eso siempre lo sacaba de sus casillas, a pesar de los veinte años de conocerse.

—¿Y qué les decimos a sus familiares?

—Que murió de un infarto, un ataque al corazón, y que a causa del calor en Roma, decidimos enterrarlo. Envíe mis condolencias personales.

—¿Algo más?

—Sí, busque de inmediato al padre Gonzaga y pídale que venga desde dondequiera que esté. Y limpien hasta la última gota de sangre.

—Si lo embalsamamos, Gonzaga tendrá mucho más difícil su trabajo.

Las manos delgadas del padre general se crisparon y golpeó el escritorio, en un gesto teatral.

—Usted haga lo que le digo. Tome varias fotos antes de la asepsia total —pronunció la palabra «asepsia» de forma que su subordinado entendiera a qué tipo de higiene se refería.

—¿Y a los demás? Más temprano que tarde empezarán los rumores.

—Los rumores, querido Francescoli, seguramente ya salieron de esta casa y los está escuchando el Santo Padre directamente. Estoy seguro de que ya habrá dado órdenes a alguno de los miembros de la Entidad para meter sus narices aquí, mientras usted y yo perdemos el tiempo. O mejor, mientras usted pierde el tiempo.

La Entidad era el nombre neutro con el que en el Vaticano se llamaba actualmente al servicio secreto, el mismo cuerpo que antes se llamó la Santa Alianza. Francescoli hizo una mueca ante el mero nombre; para alguien como él, no tener el control de las cosas era el peor pecado, le parecía repugnante no saber quién era un espía infiltrado, tal vez tu mejor amigo o tu propio confesor.

Se daría prisa.

Ignacio Gonzaga había salido muy de mañana de Ammán para ver a su amiga Shoval Revach. Habían quedado en comer juntos en el Crown Plaza de Jerusalén, un lugar impersonal en una ciudad hecha de misterio y asombro, pero que a ella le encantaba porque podía ir caminando desde sus oficinas en el Tribunal Superior. A pesar de sus jefes, Gonzaga había decidido pasar estos años ayudando a los campamentos de iraquíes refugiados en Jordania. Iba en la carretera cuando sonó su móvil. Reconoció el número, la comunicación sólo podía provenir de Francescoli. Dudó durante tres tonos si contestarle o no. Al final cedió: un resorte de obediencia quedaba en el antiguo secretario privado del Papa Negro, Pedro Arrupe. Aunque había conocido a Arrupe siendo muy joven, cuando estudiaba el noviciado, el General le había tenido afecto. Al principio Ignacio pensó que se debía sólo a su apellido. Luis Gonzaga, de cuyo linaje Ignacio se preciaba, era el patrono de los jóvenes, nombrado así por Pío XII, y un santo mártir. Luego se dio cuenta de que el afecto de Arrupe era personal: a él y a sus casos resueltos, unos pocos, a decir verdad, pero que le habían dado gran notoriedad. Desde la muerte de *su* padre general había hecho hasta lo imposible para negarse a aceptar otra autoridad que la de su memoria. Pasaba por poco los cincuenta; se veía en forma, con el cabello apenas salpicado de canas. El cuerpo delgado y alto se le balanceaba al caminar, como si la cabeza le pesase en demasía. Tanta obstinación como para esconderse en el lugar más complejo de la Tierra en estos días.

—¿Qué se te ha perdido, Francescoli?

—A mí nada, Ignacio —se tuteaban desde hacía veinte años, los dos estudiaron en la Gregoriana, pero ambos recelaban del otro. Sus carreras semejaban una competencia atlética, no teológica—, eres tú quien se ha extraviado en el desierto, ¿de quién te escondes?

—No me has hablado para confesarme, ¿llevas puesta tu estola?

—Es cierto, dejémonos de ironías. Es urgente que regreses a Roma.

—No puedo dejar el campamento ahora, se lo he explicado una y mil veces. Quizá dentro de un año.

—No entiendes, no se trata de eso. Es para que resuelvas un nuevo *caso* —subrayó la palabra, como si estuviese hablando con Hércules Poirot—; el padre general te necesita en Roma hoy mismo.

—¿De qué se trata?

—Un crimen, igual que las veces anteriores. Tenemos que darnos prisa. El general te espera hoy por la noche.

Su primer *caso* había consistido en descubrir quién había asesinado a un jesuita salvadoreño. Precisó de poco tiempo, ató los cabos y desenmascaró una trama política en la convulsionada Centroamérica de entonces. De niño, su padre, aficionado a la caza, le había enseñado a tirar. Incluso le había transmitido algo de su amor por las armas. Guardaba una vieja Luger de su padre, un arma que se había dejado de fabricar desde los años cuarenta pero que él atesoraba. En San Salvador la pistola sólo le sirvió para amenazar. A decir verdad sólo la había usado contra un hombre, en otra ocasión. O en otro *caso*, como diría Francescoli. Pero de eso habían ya pasado muchos años. Ahora sólo escuchaba la petición de volver a Roma. Contestó:

—Imposible.

—Lo único imposible para ti ha sido atravesar la vida con la llama de la verdad por delante sin quemarles las barbas a quienes se han topado en tu camino.

—Tengo cosas que hacer, me tomas en medio de un viaje. Estoy en carretera.

—Hoy, aunque sea en la madrugada.

—Mañana; salgo en el primer vuelo.

Colgó. No quería seguir discutiendo con Francescoli. El desierto es una piel que calcina. Se volvió a poner los lentes oscuros y aceleró. Francescoli era hombre de pocos rodeos. Algo muy importante lo hacía pedirle que regresase a Italia. Algo relacionado con su pasado como investigador, por llamarlo de algún modo. El padre Arrupe solía bromear con ello. «Llamen al *detective*», decía de Gonzaga cuando algo gordo se presentaba en algún lugar del mundo, incluso en sus últimos años, cuando ya no era general de los jesuitas pero su poder seguía siendo enorme. A mediados de los ochenta, cuando Gonzaga pasaba apenas de los veintisiete. Y era él quien tenía que esclarecer las cosas, convencerlos de que la verdad libera. ¡Qué estupidez!, la verdad es una soga que estrangula lentamente. La verdad es seca y calcinante, como la arena del desierto y, por si fuera poco, también enceguece.

Después del caso en El Salvador había tenido suerte, se había tratado casi de una actuación espontánea: un sacerdote español, acusado de colaborar con extremistas vascos, fue encontrado muerto en Bilbao. Gonzaga descubrió rápidamente que se trataba de un crimen pasional, nada que ver con política. Le sirvieron los grandes contactos que le quedaban en España, producto de las relaciones de su padre. O mejor, de los millones de su padre. Siempre le molestó cargar con la herencia familiar. A otros tal resguardo los libera, no a Gonzaga: siempre estaba pensando en cómo utilizar su dinero para ayudar a otros, no a sí mismo. Como si el dinero manchara. Un antiguo amigo del colegio en Suiza —adonde su padre lo envió con la esperanza de que se encargara en el futuro de los negocios familiares—, Dietrich, le llevaba el dinero y enviaba con regularidad las medicinas que necesitaba en Ammán. Necesitaba poco para vivir, pero se sentía responsable del sufrimiento de los otros.

Arrupe insistía en llamarlo *héroe* después de esos dos primeros casos. Pero Ignacio Gonzaga no se sentía ni siquiera un detective o un agente secreto. Era un caso atípico: un jesuita rico que detesta el dinero, que se apasiona por la teología pero termina metido en la resolución de crímenes. Él mismo se usaba. Así lo pensaba en momentos de tensión moral: usaba sus recursos, económicos o intelectuales, para salvar a otros. En un mundo moralmente corrompido, pensaba Gonzaga, hay que aprender a vivir con cierta decencia.

Llegó a Givat Ram un cuarto de hora antes de la cita con Shoval. Le dejó las llaves de su Land Rover al *valet parking* del hotel y fue directo al bar. Gonzaga no tenía las maneras y los caprichos de un niño mimado —su padre había sido uno de los hombres más ricos de Navarra o, más bien, de España—. En cambio, realizaba su ayuda humanitaria en Oriente Próximo con su propia camioneta blindada y muchas veces con generosas sumas de dinero que sacaba de sus cuentas privadas. Era hijo único y sus padres habían ya fallecido. Entendía el voto de pobreza muy a su manera: había que tener reservas y liquidez, la única forma de huir si se daba el caso. ¿Qué hacía él en Jordania, conviviendo con refugiados de Iraq? Hacía tiempo que no se lo preguntaba: sus ojos preferían mirar hacia otro lado.

Entró al anodino bar del lugar —un enorme edificio blanco, como si un arquitecto loco hubiera querido hacer una nueva torre de Babel justo a la entrada de la ciudad— y pidió un whisky doble sin hielo.

El color de la malta, sus fugaces brillos, esa tenue amargura que sin embargo se desliza por la garganta como la seda y aturde de inmediato. Lo saboreó como un premio, sólo que él no había ganado nada en los últimos tiempos. En la guerra sólo se adquiere una certeza: la de la miseria de lo humano, se dijo cuando la vio llegar y saludarlo agitando su brazo delgado y bronceado.

—Shoval Revach, el torbellino —le dijo, y la besó en ambas mejillas. Estaba bellísima, con un vestido rojo sin mangas; el cabello ondulado le caía sobre los hombros, el cuello largo, los ojos hechos con algún extraño mineral. Parecía más una sofisticada diseñadora de modas que la mejor médico forense de Israel.

—Ignacio Gonzaga, el seductor encubierto —reviró ella, y el tajo dolió un poco.

La invitó a sentarse.

—No, no. Entremos ya al restaurante, tengo una tarde de perros.

—Y yo tengo que volver a Roma.

Francescoli realizó la encomienda de limpieza con rapidez. El médico personal de su familia se encargó, en la enfermería de Borgo Sancto Spirito, de los detalles menos agradables, y el cuerpo —sus dos pedazos cercenados, claro— estuvo listo antes de mediodía en un hermético ataúd de metal. Francescoli mismo realizó el funeral córpore insepulto en la capilla, delante de los jesuitas que administraban no sólo su casa en el Vaticano, sino el centro de su poder mundial en aquel vetusto edificio que pronto necesitaría una gran remodelación. En esos asuntos banales pensaba Francescoli mientras pronunciaba su sermón y pedía el descanso del alma de Jonathan Hope. Todo Paraíso, tierra de la vida, es también territorio de la muerte. Así era siempre él, su ortodoxia rivalizaba con su pragmatismo: era un conservador obligado a actuar.

¿Descansar? ¿Alguien cuya muerte sorpresiva está teñida de violencia? Sonrió maliciosamente. La mente es un saboteador poderoso y la de Francescoli se perdía en su retórica: iba de las facturas y lo cotidiano a su propia metafísica de bolsillo. Se escuchó a sí mismo decir:

—Las almas de los justos no atraviesan el Purgatorio, reciben la visita de Cristo y él las conduce al Paraíso. Nuestro hermano descansa junto al Padre Eterno.

Mientras lo decía sin convicción alguna, pensaba en realidad en las palabras del Evangelio de Mateo: «Que su sangre recaiga sobre nosotros y sobre nuestros hijos.» Volvía sólo a ver los ojos asustados de Jonathan Hope mirándolo. Apartó la tétrica imagen de sus pensamientos e hizo la señal de la cruz.

Todos se santiguaron. Luego les dio la comunión. Más que una misa Francescoli escrutaba: seguramente el asesino se encontraba entre ellos. Gonzaga con sus armas intelectuales y su sangre fría hubiese podido saberlo, reconocer una mirada culpable, un flanco débil, pensó Francescoli.

Nada hubo revelador en las pupilas de los treinta y seis hombres que lo acompañaban en la homilía, salvo los ojos llorosos del padre Di Luca, el viejo ecónomo de la casa. Lo llamó aparte al término del acto.

En su despacho de burócrata, Francescoli se veía mucho más cómodo que tras el altar. Cuestionó sin rodeos al viejo sacerdote:

—Enzo, ¿usted sabe qué fue lo que pasó con el padre Hope?

El padre Di Luca asintió con la cabeza.

—La mayoría lo sabe; los que aún no, conocerán la verdad antes del anochecer. En el comedor se cuenta todo.

—¿Y cuál es esa verdad?

—Padre Francescoli, no juegue con mi dolor. A Hope lo asesinaron.

—¿Quiénes? ¿Por qué lo dice en plural?

—Yo qué sé, por costumbre. ¿Usted diría «a Hope lo asesinó», en singular, si no supiese quién ejecutó la infamia?

—Nunca lo vi cerca de Hope; por eso me extraña ahora su dolor, sus lágrimas.

—No me diga que soy su principal sospechoso... Pierde el tiempo, Francescoli. Llame mejor a la policía.

—No intento suplantar a nadie, Enzo. Es sólo que usted es el más viejo aquí. Podría saber más.

—Cuando se llega a mi edad comienza a ser cómodo pasar inadvertido, Francescoli. Uno es invisible, escucha cosas.

—¿Como cuáles? ¿Qué ha escuchado, Enzo?

—Padre, nada de valor. Sólo que Jonathan Hope estaba metiéndose en asuntos muy turbios. Totalmente oscuros, diría yo.

—¿Y quién se lo dijo?

—El propio Hope. Anteayer, después de la cena. Lo observé muy cansado, demacrado incluso. Le pregunté si se encontraba bien. Entonces me dijo unas cuantas cosas, nada que pareciera especialmente peligroso; tan sólo que estaba tocando fondo en sus investigaciones, que sentía mucho miedo, que no quería regresar solo al Archivum Secretum Apostolicum Vaticanum.

—¿Tú sabías que Hope trabajaba en el Archivo Secreto?

—No, al principio; todos nos quedamos con su nombramiento de ayudante en la Biblioteca Vaticana, lo demás era misterioso o al menos privado.

—¿Y le dijo qué estaba haciendo en el Archivo Secreto?

—Tomaba notas, nos decía, para un trabajo especial que le había pedido el propio secretario de Estado. Tenía acceso a secciones prohibidas.

—¿Qué tan prohibidas?

—No lo sé. Trabajaba en un lugar casi sin luz, la Sección de Papeles Familiares e Individuales.

A Francescoli aquel nombre no le dijo nada. Prefirió terminar la pesquisa:

—Gracias, padre. Perdone la molestia. Lo acompaño en su pena por el padre Hope.

—¡Que el Señor lo tenga en su gloria!

—Eso espero, Enzo, eso espero.

Jonathan Hope era un acucioso historiador de la Iglesia, un ratón de biblioteca, pero también un ser inofensivo. Nunca se hubiese atrevido a divulgar ningún secreto. El miedo nos hace actuar de forma insospechada, así Hope sin saber qué hacer con el pozo oscuro, como le decía Enzo di Luca, que había abierto metiendo las narices donde los papeles apestan a algo más que a humedad.

Eso buscaban sus asesinos: las notas de Hope. ¿Las habrán obtenido? Sonreía. Pietro Francescoli tenía algo importante que comunicarle al padre general antes de la llegada de Gonzaga. Pronunciaba siempre así las palabras, «Padre» en mayúscula y «general» en minúscula. Él era un siervo, el hijo menor de su superior a quien obedecía como una mascota.

¡Gran día para un aprendiz de detective!, se dijo sonriendo. La humildad no era una de sus virtudes, ésa se la regalaba con gusto a los franciscanos.

Gonzaga disfrutaba la compañía de su amiga Shoval Revach, se sentía con ella en total confianza, como con ninguna otra mujer. Podían quedarse callados durante mucho tiempo, sin que eso causara el menor malestar en ninguno de los dos. Ella celebraba el sentido del humor ácido del jesuita con otro no menos negro que le venía de sus familiares rabinos, particularmente de un tío suyo que aún vivía en Haifa dedicado a contar una y mil veces los mismos cuentos jasídicos a su casi infinita descendencia y parentela.

A simple vista nada los unía, salvo esa intermitente amistad de una década. Él, como sacerdote, buscando encontrar razones para la vida, la propia y la de todos los que apenas sobrevivían en Oriente Próximo. Ella, en cambio, dedicada a la muerte, encontrando en la sala de autopsias las razones de la maldad y el crimen. Sin embargo, en los dos había la misma pasión por la verdad, proveniente más de la inteligencia que del corazón. Gonzaga había callado sus emociones, o eso creía hasta ahora, al hacer sus votos, y Shoval reconocía que la única forma de llevar su profesión siendo mujer era no aparentar interés por hombre alguno. En ambos casos la castidad era consecuencia de sus propias actividades, como si más allá de los votos o del exceso de trabajo no tuviesen elección. Los hombres eran un estorbo en su carrera, pensaba la joven forense.

Una castidad curiosa, sobre todo para una mujer hermosa. Se veían de vez en cuando —a veces incluso pasaron dos años sin siquiera hablarse por teléfono— como dos hermanos o dos primos que se conocen desde la infancia. Esa comodidad le encantaba a Gonzaga, para quien relacionarse con mujeres siempre había sido difícil, el pasado entre los dos parecía sobrentendido. Se conocían poco, sin embargo.

La había encontrado en Tel Aviv a consecuencia de un coche bomba. Hubo de inmediato algo más que empatía:

eran dos almas que se encontraban en medio del odio. Dos seres humanos que se veían las caras en un territorio en el que la humanidad parecía desterrada.

Para Gonzaga, Shoval representó otra razón de estar allí: había hallado al fin a un ser humano. Para ella, el jesuita al principio tuvo el sabor de lo exótico y lo prohibido, y luego, como todas las largas relaciones, el consuelo de la amistad verdadera.

Shoval comenzó a contarle su vida cotidiana en la oficina. Había dejado la sala de autopsias hacía apenas seis meses para incorporarse al Tribunal Supremo de Justicia y odiaba su trabajo. El presidente del Tribunal, además, se complacía con acosarla.

—Lo que empezó como una galantería: flores, pequeños regalos, invitaciones a cenar, y que yo interpretaba como deferencias profesionales, se ha vuelto una verdadera monserga.

—Díselo.

—Eres sacerdote, Ignacio, no entiendes estas cosas. Ya se lo dije, claro y cristalino como el agua. Pero para él debió de ser agua salada del mar Muerto. Le he picado el orgullo y ahora es un macho herido que hará lo imposible por acostarse conmigo.

—¿Casado?

—Obviamente. Un ortodoxo, además. Encaja perfecto en el perfil.

—Los seres humanos no somos perfiles, Shoval, somos máquinas complejas, diría que incomprensibles.

—Mi trabajo es encontrar los motivos. Desactivar la complejidad. Simplificar es el arte del forense.

—¿Y qué motiva a tu perseguidor, además del orgullo herido?

—Soy un trofeo. Algún día me colgará en el muro de honor de sus conquistas y pasaré al olvido.

—Renuncia, si no puedes soportarlo.

—¿Y echo por la borda veinte años de trabajo? No estoy loca, ya no son las épocas de escapar de la ciudad e irse a un kibutz a cantar bajo la luna y hacer crecer tomates. Se acabaron las utopías y los kibutz, Ignacio.

Gonzaga le tomó la mano. Shoval temblaba, poco faltaba para que saliese espuma de su boca. Se repuso, acostumbrada a controlar sus impulsos, y cambió la conversación:

—¿A qué regresas a Roma? —le preguntó mientras cortaba con elegancia quirúrgica su rodaballo a las brasas con salsa de pimienta rosa.

—A ver al padre general —siempre lo pronunciaba así, «padre» en minúscula, «General» en mayúscula. Desde sus épocas cercanas al Papa Negro, Gonzaga se sabía un soldado, como Loyola. Aunque cada vez se le complicaba más entender la razón de ser de su cruzada personal. Tomó aire y siguió—: Un asunto particularmente difícil, según parece, del que no sé nada. Ven conmigo. —Él mismo se sorprendió de proponérselo.

—Aunque hoy los judíos no tengamos que escondernos en Roma quizá necesites una catacumba para que tus superiores no se asusten con mi presencia.

Gonzaga hizo caso omiso del comentario e insistió:

—Tómate unas vacaciones, las mereces. Dime, ¿desde cuándo...?

—Desde nunca. La palabra «vacaciones» no aparece en mi diccionario.

—Lo que quiere decir que en la oficina te deben muchos días de asueto. ¿Lo ves?, no es nada difícil. Hablas, pides permiso y te tomas un descanso cerca del Tíber.

—¿Por qué habría de ir, Ignacio?

—Tal vez te necesite.

—Yo siempre estoy disponible para ti —puso su mano sobre la del sacerdote, quien no se atrevió a mirarla.

Jerusalén siempre le pareció el crisol del misterio. Una ciudad labrada en la arena en la que se resguardaban los lugares santos de la cristiandad habitada por judíos y algunos árabes no dejaba de ser una paradoja.

Pasó por el Muro de las Lamentaciones y contempló a los hombres realizando su penitencia. Al desierto había ido, él mismo, a expiar una culpa desconocida. Estar en Jerusalén significaba siempre pasar de la sensación de sentirse extranjero, incluso rechazado, a finalmente sentirse familiar, parte de esa experiencia común que se inició con Abraham y Moisés. Eso se decía ahora mientras contemplaba el fervor religioso de los judíos.

«¿A qué has venido tan lejos?», le había preguntado Shoval alguna vez. Ahora lo sabía: a regresar.

2

Roma, 1929

Esa madrugada del primero de enero, los aires de Año Nuevo no parecían para nada propicios. Su Santidad Pío XI se despertó otra vez como un simple mortal. Volvió a ser quien había sido hasta hacía siete años: Ambrogio Damiano Achille Ratti, el hombre, el viejo archivista y paleógrafo, el aguerrido alpinista que conquistó tantos picos como se había propuesto y que había sobrevivido toda una noche colgado en un acantilado, en medio de la tormenta en el monte Rosa. Sólo que esta vez no estaban junto a él los antiguos documentos que tanto amaba ni las nevadas cumbres de sus montañas. En la alta cama que, horizontal, le privaba de otro horizonte que el de sus pies hinchados, se supo solo, pequeño, miserable. Hacía siglos que no había habido un papa más pobre que él, se dijo. Y así, sin dinero siquiera para renovar el Palacio Lateranense en el que la ruina del Vaticano lo encerraba, poco podría hacer por la Iglesia. Era un papa prisionero, no un digno heredero de Benedicto XV, su protector y amigo.

La oscuridad era casi total, aún no amanecía. Lo despertó el ruido de las ratas que corrían por los techos y entre los muros. Escondidas y agazapadas de día, se volvían locas de noche. Miles de ratas infestaban el Vaticano, llenaban las salas de recepción y los sótanos, las viejas cañerías y los precarios servicios. La misma basílica de San Pedro era un hervidero de ratas. Sus dieciséis años como humilde bibliotecario, primero en Milán, en la Ambrosiana, y luego en la Vaticana, le habían dado alguna lección contra las plagas: el único camino era exterminarlas antes de que acabaran con todo.

Y él no tenía siquiera para fumigar. Su imperio se desmoronaba, corroído por la pobreza y los dientes afilados de cientos de miles de roedores.

¿Cómo podría deshacerse de la peste? Abrió la amplia ventana y el frío se coló dentro de su cuerpo, las habitaciones eran de siempre heladas y no había tampoco dinero para calentar los aposentos del vicario de Cristo en la Tierra. Malos tiempos para ser pontífice, se dijo mientras contemplaba el obelisco egipcio con la enorme cruz que lo coronaba. Bajó la vista y reparó en los cuatro leones aparentemente feroces de su pedestal. El obelisco había caído una y otra vez. Y había vuelto a ser erigido. Del Circo Máximo a su remoción en el incendio de Roma con Nerón, hasta que Sixto V lo repuso. Y allí estaba, imponente desde el 2 de agosto de 1587. ¿Cuántos herederos de San Pedro lo habían contemplado al amanecer? Su mente de historiador hizo el rápido repaso: treinta y cuatro.

Salía de nuevo el sol, se trataba de un nuevo año: No se puede ser pobre y poderoso a la vez, pensó. Y no estaba dispuesto a rendirse.

Se oyó un fuerte ruido en la habitación papal. Uno de los pocos sirvientes que quedaban entró a preguntarle al *pontifex maximus* si se le ofrecía algo. Él negó con la cabeza y le hizo ademán con la mano de que se retirara. No hablar con la servidumbre e incluso con la Guardia Suiza —un decreto impuesto por León XII— era una de las cosas que más le molestaban desde que terminó el complejo cónclave que lo eligió y él entrara a la *camera lacrimosa*, a vestirse de blanco. ¡Quince votaciones se necesitaron para que hubiese al final humo blanco y el camarlengo pudiese anunciar «*Habemus Papam*». La disputa en realidad se había estado dirimiendo entre el cardenal Merry del Val, un conservador de mano férrea y el cardenal Gasparri, quien había sido el secretario de Estado de *Picoletto*, como la gente llamaba por su tamaño diminuto a Benedicto XV, a quien también habrían podido bautizar como el *Monstruo* por su andar jorobado o su único ojo, producto de un accidente infantil.

Achille Ratti, a sus setenta y un años, seguía siendo un hombre imponente, con un cuerpo más de luchador grecorromano que de místico. El hijo de un comerciante de seda, simplemente. Podría haber sido un estibador en Génova o un sicario a sueldo. No tenía la complexión de los ascetas que pululaban por las cámaras de su palacio y entornaban los ojos al rezar como si estuviesen hablando con Dios mismo.

Lo que lo salvaba en medio de la envidia y la intriga del Vaticano era su férrea preparación teológica, dispuesta al más complejo y prolongado debate escolástico. A sus más cercanos les daba miedo iniciar una disputa con Pío XI, nadie podía vencerlo. Sabía qué padre de la Iglesia, en qué año, había pronunciado la frase exacta con la que había zanjado disputas de siglos. Por ello veía con nostalgia las épocas de poder y esplendor del papado. En 1215, el IV Concilio Lateranense había proclamado que el *patricius romanus* poseía absoluta autoridad no sólo en materias espirituales sino acerca de todos los asuntos temporales.

—Se nos pasó un poco la mano —decía Benedicto XV,

bromeando con el viejo bibliotecario al que había hecho primero su nuncio en Polonia y luego elevado con velocidad a cardenal.

—Fuimos dueños de casi toda Italia, nuestras dieciocho *patrimonia*.

—No nos quejemos mucho, Ratti —le decía el antiguo papa— Clemente XI llegó a deber cien millones de *scudi*.

—Hemos ido y venido entre el infierno y la gloria, Santo Padre.

—Hasta Pío IX, el último *papa re*. No me negará, Ratti, que de todas formas se trata de una *contradictio in abjectio*. Hace tiempo que no predicamos con el ejemplo. La pobreza ahora nos obliga a regresar al origen de la Iglesia.

—La Iglesia es un cúmulo de contradicciones, Santo Padre. Pío Nono lo expresó mejor que nadie, dolorido por su falta de influencia al preguntarse cómo puede el supremo pontífice, siendo meramente el habitante de un país extranjero, permanecer ajeno a la influencia local.

—Pobre hombre, con su epilepsia y su debilidad a cuestas, huyendo asustado de Roma mientras lo iba perdiendo todo a causa de los revolucionarios: uno a uno fueron independizándose los Estados papales. Una a una perdió todas sus *patrimonia*. Una salida desesperada fue proclamar su *Syllabus de errores*.

—Y probablemente, una solución tardía.

Empezaron a recitar los errores que recordaban, como dos niños que se cuentan chistes entre ellos:

—Error número setenta y siete: «Es un error afirmar lo siguiente: "La religión católica ya no debe ser tratada como la única religión del Estado y todas las otras prácticas excluidas."»

—Error número ochenta —seguía el historiador alpinista que no podía quedarse atrás del papa—: «Es un error afirmar lo siguiente: "El pontífice romano puede y debe reconciliarse con la civilización moderna."»

Luego reían estruendosamente. Hablaban en latín, pero las risas eran a todas luces italianas.

Y no sólo Pío Nono había redactado desesperadamente su lista de errores, también había llamado al Concilio Vaticano I para llamarse a sí mismo *pastor aeternus*: había que insistir en que el lugar del papa en el mundo y sobre todo en Italia era todo menos temporal: allí, por decreto se declaró que el sumo pontífice hablaba ex cáthedra desde la silla de San Pedro, y eso lo hacía nada menos que infalible.

Nada pueden las palabras contra las hordas de la revolución, se dijo entonces Achille Ratti, quien volvía a ser Pío XI; por algo había escogido el nombre de aquel pontífice epiléptico pero enérgico que le encantaba mencionar a Benedicto XV y cuyo cuerpo había estado a punto de no ser enterrado sino arrojado a las aguas del Tíber por una muchedumbre hambrienta: dos papados más verían abatirse la ruina y la pobreza sobre el antiguo poder papal. Saco de Huesos, como los obispos norteamericanos llamaron a León XIII, poco había podido hacer a pesar de impedir a los católicos italianos votar en las elecciones.

Como sus dos predecesores, Giuseppe Sarto, al convertirse en Pío X en 1903, volvió a impartir su bendición desde dentro del balcón de San Pedro en inequívoco gesto de que el papa se encontraba prisionero del gobierno italiano. Otro tanto haría Benedicto XV.

Eso tenía que terminar. Achille Ratti entró a la *camera lacrimosa*, en donde nunca pensó estar, mientras los sirvientes lo vestían de blanco y ajustaban sus ropas, y abrió por vez primera las ventanas del balcón para pronunciar a todos los vientos su bendición *urbi et orbi*.

La muchedumbre debajo gritó con júbilo: «¡Viva Pío Undécimo! ¡Viva Italia!»

De inmediato puso toda su energía en obtener dinero. Al proceso lo llamó la «cuestión romana», pero el viejo rey Emanuele en el palazzo del Quirinale respondió con el mismo argumento: «Italia, Santo Padre, muere de hambre.»

Habló por teléfono con un viejo amigo cercano al rey, el general Cittadini, sin lograr nada. Las huelgas se sucedían como los días. Después de Alemania, Italia era el país con mayor inflación de Europa, hasta que un día un hombre oscuro empezó a congregar a las masas gritando: «¡Nuestro programa es simple: deseamos gobernar Italia!»

Él era un genio con las palabras, sus hombres creaban pánico. Pueblo tras pueblo, incendiaron todas las *casa del popolo* socialistas, y cualquier policía local que intentase actuar contra los *condottieri* fascistas era forzado a renunciar.

Por eso ahora el papado estaba bajo otras presiones y asfixiado por la bota de Benito Mussolini. Picoletto no podría haber imaginado que el frustrado periodista que había escrito el infamante libelo «Dios no existe» y una lasciva novelita, *La amante del cardenal,* iba a crecer como la espuma junto con sus *Camisas Negras* en una arena que no había explorado aún cuando vivía su predecesor, el poder.

Se preparó para dar la bendición de Año Nuevo a la muchedumbre que llenaba la plaza de San Pedro. Oraba un poco, como el atleta que fue, para tomar fuerza o para concentrarse; le imponía ver siempre a esos miles de fieles necesitados de un solo gesto, una bendición, la sonrisa lejana del papa desde su balcón. Italia, como él, era miserable por esos días, necesitaba de consuelo. Eso lo sabía de sobra. Había repetido su consigna una y mil veces desde su elección: «La paz de Cristo en el reino de Cristo.»

Algo había aprendido del infatigable Picoletto y sus luchas internas: estaba resuelto a que la Iglesia dejara el aislamiento realmente reciente de su larga historia de poder e influencia. El llamado al activismo no era un asunto para pusilánimes, había que luchar a capa y espada contra la amenaza del ateísmo proveniente del comunismo y su llamada insistente a los más necesitados para rebelarse ante *su* Iglesia.

En estos siete años, Pío XI había consagrado los primeros obispos nacidos en China y Japón, a pesar de la férrea oposición de la curia. «Las misiones —solía decir—, allí está el futuro de la Iglesia. No se trata sólo de bendecir *urbi et orbi*, se trata de salir de la prisión del Vaticano y llegar hasta la última alma del planeta.» Para eso, como para sus ideas de renovación de la Biblioteca Vaticana y del Instituto Pontificio de Arqueología, también necesitaba dinero. El dinero era su única preocupación. Una muy terrenal. «Dios tiene al papa en la Tierra, pero yo, ¿qué tengo sino un ejército de ineptos acostumbrados a la buena vida?»

Las arcas estaban vacías y los bancos alemanes lo atosigaban con el pago de los intereses de sus préstamos. «La usura es todo lo que se agrega al capital», había denunciado san Ambrosio, se dijo con su pasión por el pasado y los documentos, pero tuvo que apartar la frase de su mente y concentrarse en algo más mundano.

Mussolini y él habían estado en el poder durante los mismos años: siete. Para el papa habían sido largos, llenos de penuria; para Il Duce, los más hermosos de su vida. Pero ambos hombres tenían ambiciones más grandes. Pío XI quería salvar el cuerpo casi agonizante del Vaticano, y Mussolini se había percatado de que su antiguo anticlericalismo le impediría convertirse en el nuevo emperador romano; tenía que pactar con su antiguo enemigo.

Una serie de gestos inequívocos fue sucediéndose desde 1923 cuando Mussolini prohibió la masonería y eximió al Vaticano del pago de impuestos al omnívoro gobierno. Il Duce había dicho claramente: «Todo dentro del Estado, nada contra el Estado, nada fuera del Estado.»

Mussolini siempre deseó ser él mismo como un antiguo emperador romano.

Iban y venían correos entre ambos hombres. Al papa le preocupaba que Mussolini no estuviese casado y viviera con su amante Donna Rachele.

Desde hacía varios meses, Pío XI no dudaba en descargar todo el trabajo del viejo cardenal Gasparri —tenía ya setenta y ocho años— como secretario de Estado, para dedicarse sólo a convencer a Il Duce de contraer matrimonio. Gasparri llamó a su lado al nuncio en Alemania, Eugenio Pacelli. Eran tiempos que requerían la energía de sus mejores hombres. Había que pactar con Benito Mussolini, costara lo que costara; llevaba tres años arreglando la famosa «cuestión romana».

Dio la bendición, sonrió con benevolencia y entró a su despacho, agotado para leer el largo informe sobre la situación en Rusia de su hasta entonces protegido, el jesuita Michel d'Herbigny, uno de sus más conspicuos espías en la Santa Alianza.

3
—

El avión de El Al que había salido horas antes del aeropuerto Ben Gurion aterrizó en la calurosa Roma de esa primavera. Una limusina trasladó a Gonzaga a Borgo Sancto Spirito, pero antes dejó a Shoval instalada en el hotel St. Regis, de la via Vittorio Orlando.

Poco hablaron en el vuelo y se despidieron con sus dos acostumbrados besos en la mejilla. Gonzaga la acompañó a registrarse y quedó en cenar con ella:

—Ponte cómoda, date un largo baño. Nos veremos antes de las nueve.

Poco después Francescoli hacía un pequeño informe en la sala de espera del padre general.

—Pietro, me estás diciendo que hicieron lo que no debía hacerse. Al limpiar me dejaron, quizá, sin los más valiosos indicios.

—Órdenes del *padre* general.

—Tenías que haberle dicho al General que no lo hiciese, para eso me llamaste con tanta urgencia.

—Lo intenté, Ignacio, ¡Dios sabe que lo intenté!, pero él exigió la más absoluta asepsia. Ésa fue la palabra que usó. No quería que los de la Entidad husmearan en toda la casa.

—Eso lo entiendo. ¿Y el cuerpo?

—Enterrado.

—¡Habrá que exhumarlo de inmediato, tengo que revisarlo!

—Me temo que eso es también imposible; contravendría las órdenes de ocultar la causa de la muerte. Se ha dicho que murió del corazón.

—Todos morimos del corazón, Pietro. Hasta el tuyo algún día dejará de latir. Necesito saber qué ocurrió antes de que el corazón dijera basta.

Pietro Francescoli extendió en su escritorio las treinta y seis fotos que había hecho de la escena del crimen, como le dijo a Gonzaga con su afición por el lenguaje de las novelas policíacas.

A pesar de que no era la primera vez que contemplaba algo así, Ignacio Gonzaga no pudo impedir desviar la mirada. Las introdujo en un cartapacio y solicitó guardárselas.

—He interrogado a todos los padres.

—¿Que has hecho qué? Ahora resultas investigador privado.

—No te preocupes. Los interrogué con la mirada.

—Un nuevo procedimiento del que hasta ahora nunca había oído.

—El único que mostró cierta debilidad fue Enzo di Luca.

—¿Di Luca? Es un anciano. El que hizo esto fue un hombre joven. Un profesional. No lo vas a encontrar entre las paredes de esta casa.

—¿Estás seguro?

—Definitivamente.

En su despacho el padre general aguardaba impaciente poder recibir a Gonzaga, pero antes debía librarse de un enviado del papa. El subsecretario de Estado para Asuntos

Extraordinarios le preguntaba sobre la muerte del padre Hope con insistencia cansina:

—Murió en paz, quizá sin notarlo. En la mañana nos percatamos de su ausencia y alguien fue a su cuarto, sólo para encontrarlo muerto en su cama, con las manos entrelazadas, como un santo.

No sabía él mismo por qué mentía. Quizá porque a pesar de su obligación de obedecer al sumo pontífice, la Compañía de Jesús se encontraba muy alejada del corazón del Vaticano. Desde hacía tiempo parecía, además, que los funcionarios de la curia sólo podían compartir el poder con dos órdenes: el Opus Dei y los Legionarios de Cristo. De cualquier forma, el subsecretario no lograría sacarle nada.

—¿Sabía usted, padre, que Jonathan Hope realizaba una investigación secreta encomendada por el Santo Padre?

—No. Sabíamos exclusivamente su dedicación a la Biblioteca Vaticana. Nunca informó a nadie de estar realizando ninguna encomienda especial, y creo que como su superior se me debió informar del caso.

Ahora era él quien contraatacaba.

—No está en mis facultades, padre general, escrutar en la mente de Su Santidad. El caso es que a él le preocupa particularmente la muerte del padre Hope y me ha pedido que investigue. Puedo desde ya decirle que el papa pensaba pedirle a su jesuita que actuara como relator en un proceso de beatificación. Quizá sólo lo estaba probando.

—Le he dicho lo que sé. ¿Desea revisar sus aposentos?

El subsecretario de Estado asintió y el padre general le pidió a Francescoli que lo escoltara. En la otra línea, su fiel secretario le comentó:

—Ya está aquí Gonzaga, padre.

—Hágalo venir, de inmediato.

Se despidió ceremoniosamente del enviado del papa y se sirvió un vaso de agua. Tenía la garganta reseca.

El subsecretario de Estado para Asuntos Extraordinarios, largo nombre para el actual jefe del espionaje vaticano, no dejó de asombrarse al mirar de lejos aproximarse al padre Gonzaga. Le preguntó a Francescoli:

—¿No es ése el padre Ignacio Gonzaga?

—Sí, ha regresado a Roma para terminar un libro. —No se le ocurrió otro pretexto—. Pasará aquí un par de meses.

—Siempre es bueno ver a los sabuesos del padre general en la Ciudad Santa. Pídale que me haga una visita, por favor.

—Así lo haré, descuide.

Huelga decir que el jefe secreto de la Entidad no encontró nada interesante en la albeante celda del difunto padre Hope, como no fuera un misal abierto en la Epístola a los Romanos.

—Padre Gonzaga, se ha hecho usted esperar.

—Padre general, he venido tan pronto pude. Francescoli me ha puesto al tanto.

—Lo que no me explico es qué hace usted en Roma acompañado de una mujer.

—Corren rápido las noticias en Borgo Sancto Spirito.

—Los rumores en esta ciudad se propagan como el viento, y uno de mis deberes al frente de esta milicia es escucharlos todos.

—Se trata de la mejor forense de Israel.

—¿Piensa meterla en *esto*?

—La necesitaremos. Con mayor razón si han borrado las huellas de lo ocurrido en la habitación del padre Hope.

—Tal vez lo mejor es que no entre aquí tal y como vino. Un disfraz sería adecuado.

—Es una doctora, no necesita disfraz. Puede ponerse bata, si quiere.

—No me refiero a eso. Es su condición femenina lo que me preocupa. Hágala monja. El experto es usted, pero sólo entrará en esta casa con un hábito.

—No sé si podré convencerla.

—Ése, como le dije, no es mi problema. Estoy de acuerdo con usted en que la necesitamos; mientras más pronto sepamos qué pasó con el padre Hope, estaremos todos más tranquilos, pero con respecto a ella es mi última palabra.

—Está bien. Diré que es una religiosa que me ha acompañado por Oriente Próximo. Una católica de Ramala. De lo que no estoy seguro es de que desee disfrazarse.

—Es una condición, ya bastante tengo como para soportar la presencia de su amiga entre nosotros. Si no fuera por el aprecio que le tenía nuestro antiguo general, el padre Arrupe, y por los servicios que usted le ha prestado a la Compañía, le aseguro que hace tiempo lo habría expulsado, Gonzaga. Arrupe lo conoció cuando era ya un anciano, quizá por eso le tomó afecto.

—Gracias por su franqueza, padre.

—No me lo agradezca. Considere que es la mínima consideración a su «hoja de servicios», pero bien sabe que no me gusta lo que hace en Jordania.

Gonzaga pensó en lo curioso de su vida: era el pasado lo que lo salvaba. ¿Desde cuándo no tenía presente? No sólo desde la muerte de Arrupe, tal vez desde la muerte de sus propios padres. Dos veces huérfano, dos veces solo. Sus padres, al menos, le habían dejado suficiente dinero para vivir, hasta para malgastar en sus aventuras humanitarias en Oriente Próximo. La muerte de Arrupe, en cambio, lo convirtió en un jesuita de otra época. Demasiado cercano a su mentor para tener algo relevante que hacer entonces, demasiado joven para quedarse a ver la corrupción del Vaticano.

Al principio la vida en Jordania fue un escape. Pero cuando se huye al centro mismo del infierno, las cosas se vuelven distintas. Entonces se dio cuenta de que podía hacer algo mejor con su vida que negarla y con su dinero que ocultarlo. Comenzó trabajando en un centro de refugiados que terminó acondicionando como una pequeña clínica. Los utensilios y las medicinas corrían por su cuenta. Muchas veces también el pago a los médicos. Entendió lo que significa ser útil en medio de la ruina, en los límites mismos de lo humano. Procuraba, además, que no se notara que era él quien hacía esas generosas contribuciones. Dietrich, el amigo banquero, se encargaba también de ser discreto.

No tenía caso seguir discutiendo con su superior. Pidió un cuarto en la misma casa, un coche discreto en el que trasladarse, preferentemente con los vidrios ahumados y sin conductor, y libertad total para remover hasta la última piedra.

—Siempre y cuando no digamos que usted investiga la muerte de Hope, puede proseguir a sus anchas.

—¿Y qué les diremos?, ¿que he tenido un súbito arranque de misticismo?

—¿Vio usted salir al subsecretario de Estado de mi oficina?

—Por supuesto, es la encarnación del Leviatán.

—No exagere, es un hombre con una tarea. Lo usaremos; diremos aquí que el Santo Padre le ha pedido regresar a Roma para realizar una investigación especial en la Biblioteca Vaticana.

—Allí trabajaba Hope.

—Y allí lo quiero a usted, padre. En la Sección de Papeles Individuales y Familiares en la que investigaba clandestinamente Hope por órdenes del secretario de Estado. Ignoramos qué buscaba allí específicamente. Haré mis gestiones para que lo dejen husmear a gusto, despreocúpese.

—Lo mantendré informado.

—¿Y cuál será el nombre de su amiga la monja?

—Sor Edith.

—¿Por qué razón escogió el nombre?

—Tal vez por Edith Stein.

—Es muy perspicaz.

Salió del despacho y subió dos pisos. Tocó con los nudillos en la celda del padre Enzo di Luca, un viejo lobo de mar.

—Enzo, estás igualito. ¡Por ti no pasan los años! —Mentía, por supuesto.

—Gracias, Ignacio. A ti tampoco te trata mal Jordania, ¿verdad?

»¿Y qué trae al jesuita rebelde al redil de las mansas ovejas?

—He venido a buscar reposo.

—No me mientas. Te han pedido que investigues la muerte de Hope.

Gonzaga se sentó en la silla, junto a la pequeña mesa de lectura. Di Luca hizo lo propio en una esquina de la minúscula cama.

—Todo lo que sabía se lo he dicho a Francescoli, Ignacio.

—No he venido a interrogarte, perdería el tiempo. He venido a saludar a un viejo amigo y preguntar por su salud.

Di Luca no creía una sola de las palabras de Gonzaga; aún así, jugó en su cancha, le comentó cada una de sus dolencias y achaques.

—¿Sabes cuál es el epitafio de un hipocondríaco, Enzo?

—Ni idea.

—«¿Decían que no?»

Ambos hombres rieron. Al abrazarlo, sin embargo, Gonzaga sintió que ese hombre guardaba un secreto.

Ignacio telefoneó desde su móvil al Hotel St. Regis, pero nadie respondía en la habitación de Shoval. Se comunicó entonces con Raniero Mancinelli, a quien llamaban con justicia el *Sastre de Dios*. Hizo cita para esa misma tarde. Podría dejarse caer en el número 90 de la calle Borgo Pío a eso de las seis, dijo el hombre que lo había vestido a él y a toda la curia durante los últimos veinte años.

—Le llevo a una religiosa que ha pasado varios años en Ramala y requiere ropa decente mientras esté en la Ciudad Santa. Sus hábitos son un desastre, ya se lo imaginará.

Por fin pudo comunicarse con su amiga.

—Tengo que pedirte un gran favor, el más grande que te haya solicitado desde que nos conocemos.

—No puedo negarle nada a la persona con la que presencié el estallido de un coche bomba.

Así se encontraron, era cierto. Gonzaga parecía haberlo olvidado: acostados en el suelo para no recibir más pedazos de vidrio, mientras él protegía el cuerpo de la desconocida con el suyo, instintivamente. Hubo ocho muertos: gracias al lugar en el que se encontraban de la cafetería en el momento del estallido, ambos salieron ilesos, pero nadie olvida la imagen del coche bomba que explota y hace que todo vuele por los aires, si es posible, muchas personas.

—Necesito que me acompañes a ver al Giorgio Armani de los prelados.

—¿Necesitas nueva ropa, Ignacio?

—Es para ti. Necesito construirte una identidad para que me ayudes a resolver esta muerte. He pensado ya en el nombre: sor Edith.

—No estés tan seguro de que aceptaré disfrazarme.

—Son órdenes del padre general.

—Es tu superior, no el mío. ¿Te imaginas si se enteran en el Tribunal Superior?

—La mejor forense del Estado de Israel hace hasta lo imposible por descubrir a un criminal...

—¿Y qué pasa si me niego?

—Eres más pragmática que un *broker* judío de Nueva York, Shoval. Acepta, por favor.

—Siempre y cuando sea de seda.

Gonzaga soltó una carcajada, pero luego corrigió:

—Haremos lo posible, pero mientras tanto te pondrás un viejo hábito de misionera que he conseguido. Por unas horas irás horriblemente vestida por esta ciudad.

—Es una oportunidad exquisita para sentir la humildad y la pobreza. Seré casi una franciscana.

—Shoval, no hay nada más vanidoso que un franciscano.

Le proporcionaron un pequeño Fiat negro y credenciales para entrar al Archivio Segreto Vaticano. Un nombre demasiado misterioso para algo simple: el archivo vaticano. Los papeles verdaderamente secretos no están allí. Lo pusieron al tanto de algunos otros pormenores y le dieron la llave de su nuevo cuarto. Todo en menos de dos horas.

—¿Y la pistola? —preguntó Gonzaga.

—¿Para qué quieres una pistola? Estás en el Vaticano. Nadie usó una pistola con Hope —le respondió Francescoli.

—Nadie disparó una pistola, lo que no quiere decir que no la usasen. ¿Con qué crees que pueden amenazar a un hombre antes de cortarle la cabeza? ¿Con palabras?

—¿Algún modelo especial, agente secreto? —bromeó entonces su interlocutor.

—Una que dispare y tenga balas. Es suficiente.

—¿Y dónde voy a conseguir una pistola?

—Te va a ser fácil, estás en el Vaticano.

Así fue, pronto lo llamó para dársela. Así era Pietro Francescoli, la personificación de la eficacia, ni siquiera él podía negarlo, aunque en sus adentros pensase que de nada sirve ser eficaz si no se tiene un propósito definido. Pietro era un avión equipado con un radar casi perfecto, aterrizaba siempre con puntualidad en las coordenadas exactas, sólo que al llegar allí nunca sabía por qué había despegado.

Gonzaga se preguntó, ante el espejo del minúsculo lavabo de su nuevo baño, quién era él:

—A mí hace tiempo que se me perdió el radar —dijo en voz alta ante la imagen que el azogue le devolvía sin piedad.

Salió de prisa y se encaminó a la Biblioteca Vaticana. Era su día social, haría las presentaciones de rigor, mostraría las cartas, sería conducido por los estrechos pasillos hasta el lugar donde trabajó Hope durante dos meses, a decir de Enzo di Luca, antes de encontrar la muerte.

Sería cortés, lo prometió antes de cruzar la puerta. Amable y pulcro, taimado y silencioso como son los académicos. Ignacio Gonzaga era un artista para cambiar de identidad, quizá por eso sobrevivía en Oriente Próximo: era un camaleón.

Antes de salir encargó a un mensajero que llevase el viejo hábito envuelto en una enorme y ostentosa caja al St. Regis. Sólo especificó el número de habitación, no el nombre de su ocupante.

En el Archivo Secreto, como se lo temía, no encontró nada. O al menos nada a simple vista. Le preguntó al encargado por Hope, pero el anciano sacerdote se limitó a desearle paz a su alma y a decirle que era un hombre muy silencioso.

—Sólo con sus papeles, me atrevería a decir. Un hombre de costumbres, además. Se molestaba si alguien ocupaba su mesa de trabajo. Quizás por eso llegaba todas las mañanas tan temprano y muchas veces era el último en irse.

—¿En qué trabajaba?

—Ustedes los jesuitas son más misteriosos que los chinos. ¡Qué voy a saber yo en qué gastaba su tiempo Hope!

—¿Notó algo raro en él? ¿Sobre todo al final?

—¿A qué se refiere?

—Cansancio, dificultad al respirar. Murió fulminado por un infarto masivo. No fumaba ni bebía. Era un asceta, según sé.

—Un asceta malhumorado. Pero no, padre, yo nunca vi nada. Me limitaba a abrirle la puerta y traerle las cajas que me pedía.

No podía delatarse. Dejó de hacer preguntas y él mismo pidió algunos papeles que, por encargo del secretario de Estado, debía revisar.

—¿Y qué papeles le traigo?

Un golpe de suerte, la vieja intuición de quien se siente acorralado, quién sabe qué fue lo que lo obligó a decir:

—Los últimos sobre los que trabajó Hope. Me han encargado que continúe sus investigaciones exactamente donde las dejó.

—¿Entonces tiene sus notas?

—¿Yo? No. Las entregó personalmente al subsecretario de Estado para Asuntos Extraordinarios la noche antes de su muerte.

La mentira, cuando convence, abre muchas más puertas que la verdad. El anciano padre archivista dijo entonces:

—Algo muy oscuro buscan revolver, y sé por mi experiencia que no hay nunca que husmear en el infierno.

Citó al Dante, con voz y mirada de pesadumbre:

—«*Per me si va ne la città dolente, per me si va ne l'etterno dolor, per me si va tra la perduta gente.*»

—Yo sólo recibo órdenes.

Al rato tuvo entre sus manos dos cajas de metal. Pasó dos horas revisando los expedientes que contenían: eran reportes encriptados de contraespionaje de la segunda guerra mundial. El lenguaje en el que habían sido escritos era el famoso «Código Verde», del que había oído mucho, pero del que no sabía nada, lo entendió de inmediato cuando fue incapaz de sustituir las letras para interpretar los escritos. Para cualquiera, esos folios no eran otra cosa que ejercicios infinitos de taquigrafía.

Le quedaba mucho antes de encontrar por ese camino siquiera una minúscula luz que lo llevase al asesino de Hope.

—Sor Edith, ¿qué la ha hecho dejar sus misiones en Oriente Medio para venir a la Ciudad Eterna? —bromeó al verla aparecer en el *lobby* del hotel.

—Parezco un costal.

—Yo más bien diría que una columna, a juzgar por tu altura. Descuida, hoy el sastre te tomará las medidas y mañana mismo tendrás un par de hábitos de alta costura.

—No estoy para bromas, Ignacio. Tampoco sé por qué acepté tu propuesta de venir a Roma.

—Sor Edith Stein... ¿Te suena?

—¿La judía que se hizo mística y se convirtió al catolicismo?

—Así es. Ésa era una habilidad que le faltaba a mi amiga la forense, la suplantación de identidades —le comentó Gonzaga.

—¡Aún no sabes de lo que he sido capaz! —le dijo.

Gonzaga lo pensó por un momento. Era cierto, Shoval era finalmente un misterio. Iba y venía aparentemente sólo dedicada a su trabajo como doctora de los muertos, le contaba cosas de su familia, pero no tenía vida privada.

—*Andiamo presto*—le gritó, al tiempo que ambos subían al minúsculo Fiat.

—*Subito*—bromeó ella—. ¿Y de qué nacionalidad soy?

—Naciste en Ramala, pero como no hablas italiano diremos que estudiaste en...

—Alemania. Lo hablo perfecto, sin acento.

—¡Ésa sí que es una sorpresa! ¿Y dónde lo aprendiste?

—En casa. Mis abuelos emigraron de Austria con mi padre muy chico. Mis demás parientes, en cambio, murieron en Treblinka, salvo el rabino de Haifa del que te he hablado tanto.

—El de los cuentos jasídicos. Ya.

—Así que ahora soy sor Edith.

—La hermosa monja de origen alemán que cuida huérfanos en Ramala.

—¿Y cómo voy a ejercer mi profesión forense? ¿Se te ha ocurrido?

—La hermana Edith es, por supuesto, una reputada enfermera. Sólo así puede ayudar en una zona en guerra permanente.

—Podrías dirigir un centro de espionaje, en lugar de un campamento de refugiados.

—En una próxima vida.

No quería decirle nada, por ahora, para no asustarla, pero se dio cuenta de que los seguían. Un Lancia Delta azul, demasiado ostentoso. Intentó perderlos sin éxito aunque tampoco tenía caso. Era gente de la Entidad. Nadie puede ejercer con menos cuidado su oficio, se dijo. Miró

47

por el espejo retrovisor: para no parecer sacerdotes se habían disfrazado de gigolós.

Entraron en la sastrería. El Lancia dio tres vueltas a la manzana y luego se perdió.

Sólo dos cosas son infinitas, el universo y la estupidez humana, pensó Gonzaga.

Shoval estaba encantada, parecía una niña perdida en Saks Fifth Avenue. Así que esto era la alta moda vaticana, se dijo al ver salir a un obeso cardenal con su nueva sotana púrpura: las mejores telas, enormes sillones de piel, espejos de cuerpo entero y modistas que bien podrían haber vestido a príncipes.

Se lo comentó a Gonzaga cuando estaban cenando.

—Digamos que visten a los príncipes de la Iglesia. Como somos más, es un negocio más próspero que el de Valentino —bromeó.

Ahora cenaba en La Terrazza dell'Eden en la via Ludovisi, con una religiosa aún mal vestida, contemplando los tejados de Roma. Ella le dijo:

—¿No sería mejor que me cambiase de hotel? ¿Quién va a creer que una misionera se hospeda allí?

—Ya pensaremos algo. En un convento, las demás religiosas terminarían preguntando y luego investigando por su cuenta en las supuestas escuelas en las que estudiaste. Las monjas son más ociosas que los sacerdotes e igualmente dedicadas a levantar falsos testimonios.

Se quedaron callados. Se miraron. Por primera vez desde la declaración de Shoval en Jerusalén volvieron a mirarse. Durante un largo rato los ojos de ella descansaron en los de Gonzaga.

Ninguno de los dos rompió el silencio. Un camarero sirvió el vino blanco.

4

Roma, 1929

Las noticias de Rusia no eran alentadoras para Pío XI, al contrario: el comunismo ateo le estaba ganando la partida. Stalin había dinamitado las iglesias y dos de sus únicos tres obispos habían sido enviados al Ártico a trabajos forzados. Pensó en el único de ellos que seguía libre, el padre francés Eugène Neveu, que alguna vez había logrado burlar la censura de la fatídica policía política del régimen, OGPU (Obyeddinenoye Gosudarstvennoye Politicheskoye Upravlenye) y su Palacio Negro, la Lubyanka, donde muchos sacerdotes fueron torturados o ejecutados, sólo para pedir que Roma le enviase un pantalón nuevo.

Apenas tres años antes, por órdenes suyas, el padre Michel d'Herbigny había consagrado en secreto a Neveu en la Iglesia, dándole poderes para continuar la labor, consagrando a otros y propagando la religión en los lugares más apartados. Llamaron *Russicum* a la operación. Ahora le quedaba claro a Pío XI que no habían tenido éxito.

La ordenación de Neveau, como casi todas las operaciones clandestinas, se hizo en la iglesia de St. Louis-des-Français, el único templo que funcionaba aún. Hasta ahora, que Stalin había cambiado de táctica y había hecho volar por los aires las iglesias.

De nada había servido mantener una frágil jerarquía

católica clandestina. Los siguientes obispos consagrados, Alexander Frison y Boleslas Slokans, estarían siendo torturados mientras él, Pío XI, leía el informe preliminar de su espía.

Quiso darse ánimo y se dijo que los *Clandestinos*, como Michel d'Herbigny había llamado a su organización, poco habrían logrado en ese tiempo oscuro. Achille Ratti odiaba más a un comunista que a un adversario teológicamente inepto.

Con Lenin algo se había podido pactar, a pesar del cierre de todos los seminarios. Incluso, aunque Benedicto XV no pudo verse nunca con él, logró entrevistarse con Eugenio Pacelli, uno de los mejores espías de la curia. Desde 1924, a su muerte, las cosas habían ido de mal en peor. Por eso, él y Michel d'Herbigny habían ideado *Russicum*, el plan fallido.

Ningún sacerdote quería ser enviado a Rusia.

En privado, Michel d'Herbigny atacaba al nuncio papal en Baviera, con sede en Munich, Eugenio Pacelli, el hombre más cercano a su secretario de Estado Gasparri.

En marzo de 1926, Michel d'Herbigny se reunió con Pacelli en Alemania. El jesuita sabía con quién estaba, no sólo con un nuncio, no sólo con un hombre de confianza en el círculo del papa, sino también con el espía más importante de la Santa Alianza durante la primera guerra mundial. Para él era como encontrarse con un veterano de mil batallas, al que admiraba.

Michel d'Herbigny sabía ruso a la perfección, dirigía el Instituto Pontificio para Estudios Orientales desde hacía cuatro años, pero era un aprendiz de espía. Le extrañó encontrar tan hosco al padre Pacelli:

—¿Está usted seguro, D'Herbigny, que no está arriesgando hombres a lo tonto?

—Son órdenes del papa.

—Órdenes del papa..., órdenes del papa... Ustedes, los jesuitas, suelen desesperarme. Usted está allí para asesorar también al pontífice. ¿Ha entrado cuántas veces a Rusia?, dígame.

—Tres.

Pacelli era exageradamente alto y tenía la exasperante costumbre de levantarse de su silla en medio de una conversación y dar vueltas primero por el lugar y luego detrás de su interlocutor. La nariz aquilina tras los espejuelos de oro, los ojos negros y brillantes; lo único con vida dentro de ese cuerpo, pensó Michel d'Herbigny. Parecía que estaba con un cadáver, con un hombre construido con las cenizas reunidas del primer miércoles de cuaresma. Al jesuita le preocupó, pero no le dio mala espina estar con ese hombre de ultratumba, que continuó su perorata:

—No son suficientes. ¿Conoce a Neveu?

—No, pero tengo su expediente.

—¿Qué sabe de él ahora, en estos días?

—Nada.

—Exacto, padre. No sabemos nada de él desde 1917, si descontamos la carta ridícula en que le pidió al papa un pantalón y un mapa del mundo. ¿Para qué querrá un mapa del mundo?, ¿pensará fugarse por Mongolia?

—Ha sido citado en Moscú y me confirman mis informantes que ha aceptado.

—Está en Rusia, si desea usted saberlo, desde 1907. No necesita mapas. Usted sí. ¿Con qué pretexto viaja?, ¿cómo le dieron visado?

—Una invitación de la Iglesia ortodoxa. Pienso estar sólo un día en Moscú, consagrar a Neveu y viajar para poder presentarle al papa una versión más cercana a los hechos.

—Es usted un aprendiz, padre. Le recomiendo que se cuide. Si comete un solo error, lo apresarán y torturarán; luego se perderá en la estepa.

—Eso crearía un grave conflicto diplomático, no soy ruso.

—Entienda, D'Herbigny. Tenemos sólo doscientos sacerdotes en todo el territorio ruso y un obispo anciano. Los demás cumplen condenas de trabajos forzados en el Ártico. O simplemente les dieron un tiro en la cabeza.

—¿Y cómo sugiere usted que me proteja? —El jesuita, por vez primera, sopesaba la encomienda papal con pánico.

Pacelli era un gran actor. Guardó un largo silencio que le sirvió para escrutar al jesuita, seguramente un hombre de bien, pero muy ingenuo. La Gran Guerra había, en cambio, logrado algo con el nuncio en Munich: le había hecho perder toda forma de inocencia. Habló:

—La invitación será doble. De sus amigos de la Iglesia ortodoxa; está bien, eso le permitirá viajar sin ser molestado, pero también de un amigo con peso político. Usted irá a cenar la primera noche con el conde Ulrich von Brockdorff-Rantzau, el embajador de Alemania.

—Empiezo a pensar que la encomienda va a ser casi imposible.

—Descuide, el conde le dará una excelente comida, cosa que también parece hacerle falta, salpicada de excepcionales vinos, si consideramos la situación del país al que viaja, y le enseñará a moverse en Moscú sin ser visto. Allí todos, escúcheme bien, padre, *todos* son informantes de Stalin. ¡Cuídese hasta de su sombra!

Una tarde de entrenamiento con Pacelli no fue suficiente. La mañana en que iba a reunirse con Neveu, justo después de salir caminando del hotel Moscú, fue seguido por un oficial de la OGPU que no se le despegaría en todo el viaje. Michel d'Herbigny nunca se percató de su presencia.

Era el 21 de abril de 1926, y recién nacida, si puede decirse, la operación *Russicum* era abortada por su propio creador.

Cada paso que dio por Rusia fue cautelosamente documentado sin que él lo supiera. En cinco días la OGPU tenía, gracias a él, clasificados e identificados a todos los miembros de la red los Clandestinos, que con tanto esmero había planeado en Roma.

Los viajes de Michel d'Herbigny a Gorki y Leningrado, la ciudad imperial, sirvieron para extender el cerco. Precisamente en la antigua San Petersburgo ordenó al cuarto obispo clandestino, en la iglesia de Notre Dame de France, el padre Antony Malecki.

Otra mala elección: Malecki acababa de ser puesto en libertad después de cinco años de trabajos forzados por crímenes contra la revolución.

El jesuita, sin embargo, quería ser útil y conocía una única forma de conseguirlo: moverse. Pacelli, quien llegó a ser considerado como el equivalente a mil soldados, poseía la virtud máxima del espía: aparentar la más absoluta quietud, ser invisible cuando se necesitaba

Y quien se mueve, en cambio, tiene algo de incansable. Tocado por la felicidad de lo que él creía su éxito, el jesuita pidió el 28 de agosto que se le prolongara la visa que expiraba el 4 de septiembre. Se la extendieron hasta el día doce.

—Necesito ir a Ucrania, además.

—Estudiaremos su petición —le dijeron con una helada sonrisa soviética.

Estaba exultante.

En los días siguientes y en cuatro oportunidades visitó la

iglesia más vigilada de Moscú, para dar instrucciones. Si no hubiese sido un cura lo habrían ejecutado en la primera.

No le dieron más tiempo: cuatro agentes lo sorprendieron en su hotel el primero de septiembre y le pidieron que empacara; luego le entregaron su pasaporte de regreso y lo subieron a un tren sin decirle una palabra.

Pidió desesperadamente que le dijeran hacia dónde lo llevaban. Estaba seguro de que moriría. La única respuesta vino del más joven, quien quizá se apiadaba del jesuita:

—A partir de este momento es usted considerado persona non grata en el país.

Lo dejaron en la frontera con Finlandia.

Unas semanas más tarde, el Consejo de Ministros prohibía tajantemente a los extranjeros predicar cualquier tipo de religión. A otro de sus contactos, monseñor Vincent Ilyin, quien secretamente había sido nombrado administrador apostólico en Karkov por el papa con una carta que le dejó Michel d'Herbigny, fue detenido por el solo hecho de llevar un periódico extranjero bajo el brazo.

El otro obispo consagrado recientemente, Slokans, fue enviado al Ártico. Una semana después, Teofilus Matulonius tendría igual destino.

Todo esto último lo supo D'Herbigny de regreso en Munich. La entrevista con el nuncio fue humillante, a pesar de las pocas palabras que el prelado usó para referirse a su viaje a Rusia o a la situación en la que había dejado, expuestos, a sus Clandestinos.

—¿Cómo le fue en la boca del lobo? —preguntó Pacelli.

—Tenía usted razón. Confío, sin embargo, en haberle dado ánimo a aquellos que aún no han sido apresados. La palabra de Dios prevalecerá, padre.

—¿Y quién no ha sido apresado?

—Neveu. Él nos dijo que informaría expresamente cada dos semanas al Santo Padre de sus avances.

—Reclutarlo a él fue lo más sensato. Sabe cómo moverse; lo que dudo es que algún día envíe información importante.

—¿Y su amigo, el embajador de Alemania?

—Él también nos mantendrá al tanto, despreocúpese. El problema es que no tiene contacto con ninguno de sus Clandestinos. Hubiese hecho bien en presentarle a Neveu. ¿No se le ocurrió?

—En las condiciones en las que estuve no era posible pensar en cada una de las acciones a seguir.

—El padre Gasparri está ya al tanto de todo. Él le informará al sumo pontífice. Descanse unos días, se ve fatal.

—Usted recibe órdenes del secretario de Estado; yo, del papa. Tengo que hacerlo personalmente.

—Ya habrá tiempo. Ahora merece usted un balneario. Dos o tres días. Hágame caso.

Le tendió un periódico ruso impreso el día en que los agentes secretos lo dejaron en Finlandia. Stalin hablaba con vehemencia. D'Herbigny leyó: «El papa es un conspirador. Sus sacerdotes ayudan a propagar las conspiraciones por todo el mundo. El Vaticano es un aliado de los poderes anticomunistas dispuestos a destruir el modo de vida de Rusia que con tanta sangre y sudor hemos construido, camaradas.»

—¡Que pase buena noche, padre!

Así terminaba siempre sus audiencias Pacelli, abruptamente. Si hubiese sido pugilista, habría sido con un gancho al hígado; como era sacerdote, conseguía golpear de formas más sutiles.

Administrar el dolor era una de las secuelas de su paso

por el espionaje. Hacerse obedecer, en cambio, le venía de su temprana juventud como jurista eclesiástico. El nuevo Código Canónico, que había emulado al Código Napoleónico, era su obra.

Pacelli estaba serio cuando estrechó la mano de aquel hombre. Nunca sonreía, la sonrisa es el escudo de los débiles, decía por entonces.

Aquello había ocurrido durante los tres años de *Russicum*. Ahora, en enero de 1929, Pío XI leía otro informe de Michel d'Herbigny, a quien seguía teniendo en gran aprecio. Algo lo consolaba: la nueva estrategia del jesuita había sido un éxito: antes de que Stalin volara las iglesias por los aires, la operación *Librorum* logró sacar iconos y libros religiosos antiguos de las iglesias, escuelas y monasterios de Rusia. Eugène Neveu realizó la encomienda con tal esmero que pudo comprar miles de libros de los siglos XVI y XVII por unos cuantos rublos. Otros recientes eran entregados gratuitamente por sus propietarios antes de que las autoridades los quemasen. La orden de Stalin era clara: destruir todo libro y toda imagen religiosa. La embajada italiana en Moscú y su valija diplomática eran salvoconducto de ese inmenso tesoro que iría a parar a la Biblioteca Vaticana y sus museos.

Junto al informe, Michel d'Herbigny había enviado una caja de madera, como un regalo especial al pontífice. Achille Ratti, el viejo bibliotecario, apreciaba la labor de sus espías para salvar algo tan preciado como la vida: los libros. Abrió la caja con impaciencia, pero también con deleite. Allí lo vio: un pequeño crucifijo ortodoxo adornado con piedras preciosas. Besó a Cristo en la cruz y no pudo reprimir el llanto.

Entonces escribió de su propio puño el permiso. Michel d'Herbigny podría establecer una comisión para Rusia en la que escogería a los mejores seminaristas y los entrenaría con todas las armas a su alcance; nunca más improvisarían.

El jesuita leyó la carta con emoción y preparó el plan de estudios: dominio absoluto de la lengua rusa, escrita y hablada, historia, cultura, gastronomía. Literatura rusa, periódicos rusos. Dos miembros del ejército polaco los adiestrarían en paracaidismo para ser lanzados en distintos sitios de la Unión Soviética. Su amado *Russicum* seguía vivo, a pesar de Pacelli.

5
—

El segundo cuerpo apareció al día siguiente colgado de
una viga en el techo de su despacho de la Pontificia Universidad Gregoriana. Se trataba del rector.

Quien había hecho el trabajo, como en el caso anterior, era un experto, pero esta vez eran otras las caras del
encubrimiento: todo indicaba un suicidio. Incluso las dos
notas redactadas en su ordenador e impresas en papel
arroz con la marca de agua de la Gregoriana. La primera
era una misiva dedicada al hermano del rector, radicado
en Chicago, en la que le pedía perdón por su muerte y
cuya frase más lastimera, en inglés, decía: «Richard, el único culpable soy yo. Me está acabando la culpa. No aguanto
más, si recibes esta carta es porque he decidido quitarme
la vida», y luego un largo etcétera que incluía, para mayor
verosimilitud, datos de la vida de ambos en Estados Unidos. Detalles escolares que cualquiera podría haber investigado en un almanaque. La segunda contenía sólo una
cita de los Salmos: «No hay sinceridad en sus bocas, su corazón está lleno de perfidia: su garganta es un sepulcro
abierto, su lengua es adulación. Condénalos, Señor, que
fracasen en sus intrigas, pues se han rebelado contra Ti»,
pero a la vuelta, una pequeña frase: «Yo maté a Jonathan
Hope.»

Era una trampa, Gonzaga estaba seguro. Algo allí le decía que estaban tras la pista del mismo asesino, de alguien que quería venganza y cuya locura no había terminado aún. Las citas eran un mensaje claro, no sólo los cuerpos. Su cabeza tenía que dividirse si quería hacer algo antes de que quien estuviese detrás de las muertes diera otro golpe. Aún así, quería cerciorarse de algunas cosas.

Gracias a los buenos oficios de Francescoli, Gonzaga y sor Edith fueron los primeros en entrar al despacho. La secretaria del rector fue quien encontró el cuerpo. Era una monja rolliza, rubensiana, podría decirse, si no fuese por el hábito; contrastaba tremendamente con sor Edith, delgada y etérea.

—¿Era muy amigo el padre Korth del padre Hope, hermana? —le preguntó Gonzaga a la secretaria.

—Hope era su alumno predilecto. En todos los años en la Pontificia nunca quiso tanto a ninguno de sus discípulos. Éste es un lugar del saber, como dijo Pío XI, *plenissimo iure ac nomine.*

—¿Y Korth, tenía alguna preocupación notoria, algo reciente que le indujera a suicidarse?

—El padre Korth no se suicidó —dijo la monja, más infalible que el papa.

—¿Cómo lo sabe?

—Digamos que lo sé, padre. Cuando una se ha pasado más de la mitad de su vida sirviendo a un hombre, visita ciertas partes de su cerebro que los demás desconocen. Aprende, además, a escuchar cómo funciona su corazón, qué resortes lo mueven.

—¿Y qué resorte movía el corazón del padre Korth, hermana?

—La verdad. Una verdad muy honda que él creía encontrar en los libros y en las discusiones de esos libros con sus alumnos. Allí, créame, radicaba su *única* pasión —subrayó con desconsuelo.

—¿Y cuándo vio por última vez el padre Korth a Jonathan Hope?

—Hace cuatro días. Hope le trajo unos papeles en un sobre grueso. Algo que escribían los dos. Puede simplemente revisar en Internet, hay cientos de artículos escritos por ambos.

—¿Estaban escribiendo algo juntos?

—Lo ignoro, padre.

—¿Me puede mostrar esos papeles? ¿Korth los guardó en algún lugar?

—No, los envió a Basilea. Ayer mismo por la mañana me pidió que hiciese el envío por mensajería urgente. A un banco.

—¿A qué banco?

—Déjeme ver. Sí, aquí está la copia del resguardo del paquete.

Ignacio Gonzaga copió los datos, el teléfono y el nombre del remitente.

—¿Alguna vez, que usted sepa, hermana, Korth envió algún otro paquete a ese banco?

—Nunca. Al menos, a mí nunca me lo pidió.

Gonzaga, como un viejo policía, le dio sus datos y le dijo aquello de que si recordaba o sabía algo más se lo hiciese saber. La mujer asintió y, como si en ese momento se derrumbara su precaria seguridad, prorrumpió en un llanto profundo y asincopado. Respiraba como el fuelle averiado de un viejo órgano de catedral, incapaz de tocar otra partitura que la de su desconsuelo.

Él entró al despacho y preguntó a la falsa sor Edith si necesitaba ayuda. Aun cuando ella vestía el hábito inmaculado de religiosa, Ignacio pudo apreciar su belleza. Y sobre todo su hermosura en la destreza de cada una de sus acciones. Había tomado muestras dactilares, cabellos, había comprobado, subida en una silla, si efectivamente el padre Korth había muerto ahorcado o si se trataba de una pantomima; si había sufrido o no señales de tortura previa.

—A este hombre lo interrogaron con saña antes de matarlo, Ignacio —así empezó a comunicarle sus conclusiones cuando subían al Fiat estacionado en la piazza della Pilotta y se alejaban de la Pontificia Universidad Gregoriana.

—¿Cómo lo sabes?

—Eran unos expertos. Le golpearon los codos, las mandíbulas, la clavícula.

—Me estás hablando de algo que tuvo que durar mucho tiempo.

—Sí. Cuando sometes a alguien a un interrogatorio tan violento debes dejar que se reponga del dolor antes de volver a golpearlo. Calculo, por la cantidad de huesos rotos, que el asunto no duró menos de tres horas.

—O toda la madrugada.

—El hombre habrá muerto entre las dos y las cuatro. Cuando han pasado tan pocas horas, lo sé aún sin autopsia, por la temperatura del cuerpo. Llevo muestras de sangre, de cualquier forma. Lo que no entiendo es cómo podían estar tan seguros de que no descubrirían el teatro: hasta el forense más inexperto, con el cadáver en la morgue, llegaría a la conclusión que yo te he dicho sin necesidad de diseccionarlo.

—Confiaban en el secreto vaticano. Nada, prácticamente nada, sale de estas paredes. Éste es un Estado, recuérdalo, con sus propias leyes, su propia guardia, y está lleno de fango. Un fango, sin embargo, que ensucia a muy pocos.

—¿Y nunca investiga la policía de Roma?

—Cuando así lo requiere el propio Vaticano; el mismo Jesucristo recomendaba el escándalo en algunas ocasiones como medida última.

—¿Y dices que yo soy la pragmática, Ignacio?

—¿Lo ahorcaron o lo estrangularon?

—Me inclino por lo segundo. Fueron tensando la cuerda poco a poco. Le rompieron dos cervicales antes de suspenderlo en el aire. Lo demás siempre es cuestión de segundos, la asfixia, la ruptura del hueso hioides, incluso el reflejo de orinarse.

—No te preocupes; aquí, como en la celda de Hope, no encontraron lo que buscaban. Korth lo envió a Basilea, a un banco.

—¿Qué era?

—Un sobre grande, a decir de la asistente.

—La dejaste hecha un océano de lágrimas. ¿Y por qué a un banco?

—Temían por su muerte. El problema ahora será cómo entrar a ese banco, cómo dar con los papeles.

—Eso te hará poseedor del peligro, pero no te llevará al asesino.

—Eso traerá al asesino hacia nosotros, que es mejor.

—Tantos años en el desierto te han trastornado, Ignacio. Esta gente, además de poderosa, es despiadada.

—¿Gente?

—En esta oficina, al menos hubo tres personas además de Korth. No perseguimos a un asesino en serie, como dijiste el otro día; perseguimos a varias personas contratadas para encontrar, pase lo que pase, esos malditos papeles.

—Nadie hoy mata por un secreto; has visto muchas películas sobre el Vaticano, Shoval. Todos los secretos finalmente quedan expuestos y eso lo saben desde el papa hasta quienes limpian el Palacio Lateranense. No existe tal cosa como el libro bomba, ni el documento que revele la verdad única con la que la Iglesia se desmoronará para siempre.

—En eso estamos de acuerdo.

—Tú eres la investigadora... Dime, sor Edith, ¿por qué mata una persona?

—Tendremos que ponernos cómodos, ésta puede ser mi conferencia número siete, la que he dado una y otra vez. Juguemos a un título, Ignacio, *La mente criminal, Los motivos del lobo.*

—Hablo en serio. Si no estamos tras una mente enferma, ¿por qué alguien podría matar?

—Por fe o por dinero, no conozco otros motivos.

—Y si de eso se trata, seguimos a una secta dentro del Vaticano con suficiente poder, pero temerosa de perder eso mismo que la tiene encumbrada, que le permite acceso a ciertas riquezas o comodidades; temen perderlo todo.

—¿Y la fe?

—¿Qué sugieres?

—Podemos estar detrás de una secta, Ignacio. Una secta enclavada en lo más hondo de la curia y para quienes Hope y sus papeles eran una amenaza. Las sectas, como sabes, operan en el secreto. Desvelarlo no destrozará al Vaticano, es cierto, pero sí a ellos.

—¿Y si se trata de las dos cosas: fe y dinero?

—Es muy probable. Pero tal vez estemos ante los tres motivos: fe, secreto y dinero. Quizá se nos escapa uno, el único suficientemente débil o capaz de ser tensado hasta que se rompa para dar con nuestro hombre.

—¿Un psicópata?

—O alguien que desea que creamos que es un psicópata. Nadie corta la cabeza de un sacerdote, la pone en una bandeja y deja esa nota. He pensado mucho en su contenido.

Llegaron al hotel St. Regis.

—Madame, la abandono. Debo informar a mis superiores.

—Yo colocaré las muestras y las enviaré a analizar; puedo hacerlo con facilidad si entro y salgo a mi antojo de la embajada de Israel. ¿Te molesta entonces si vuelvo a ser yo misma?, les parecería muy raro dejar pasar a la madre Teresa de Calcuta.

—¿Dónde piensas cambiarte? ¿O sacar ropa?

—Traigo mi llave. Me escabulliré esta vez, pero insisto: cambiemos de hotel.

—Mides un metro más que ella —bromeó Gonzaga.

Shoval, aún disfrazada, le lanzó un beso con la mano y entró al hotel.

Ignacio Gonzaga regresó al Vaticano. ¿Cómo dar cuenta de lo que Shoval estaba haciendo? Aunque no tenía alternativa. No podría decirle nada al padre general. Se imaginó su indignación: «¿Muestras y pruebas de muertes en el Vaticano analizadas en Israel, te has vuelto loco?»

Iba riéndose aún cuando cruzó el puente Vittorio Emanuele II para dar vuelta a la via della Conciliazione, la gran avenida que Mussolini mandó construir como regalo al nuevo Estado: el Vaticano.

En la casa de los jesuitas en Roma, el escándalo había logrado estallar. Francescoli fue llamado de urgencia al despacho de su superior, quien trinaba.

—El propio Santo Padre me ha pedido que le explique la violencia que se ha desatado en mi orden. Así me lo ha dicho, como si estuviésemos en una guerra civil aquí dentro.

—Era de esperarse, padre, aquí y en la Pontificia ya estuvieron los hombres del secretario de Estado.

—¿Se refiere a la Entidad?

—Me temo que sí.

—¿Y Gonzaga?

—Se les adelantó, según sus instrucciones, pero fueron ellos quienes descolgaron al padre Korth y procederán a realizar su investigación. Una cosa lleva a la otra, inevitablemente. Hope era uno de los alumnos más queridos del rector.

—Todo eso ya lo sé y me exaspera la lentitud. Háblele a Gonzaga: tengo que llevar algo en las manos para hablar con el papa.

Pietro Francescoli marcó al móvil de Ignacio Gonzaga, esta vez respondió al primer timbrazo. Le explicó al sacerdote que se encontraba a dos pasos del despacho del general. Antes de colgar tocó la puerta y, sin esperar a que respondieran, entró sin siquiera jadear por la carrera.

—¿Qué sabemos, Gonzaga? Me ha llamado el papa a sus oficinas. La Entidad está metida hasta los huesos. Nadie nos va a creer que lo de Hope fue muerte natural.

—Estoy de acuerdo, padre. Actuaron impulsivamente, ahora creo que sí procederá una exhumación.

—Evitémosla. ¿Cómo íbamos a saber que esto continuaría?

—De acuerdo, padre. Me temo que las noticias no son buenas y que, de hecho, continuarán así. Sospecho que no dejarán a nadie que pueda haber tenido las notas de Hope.

—¿Estaban en poder de Korth?

—Hasta ayer. Las despachó a Basilea, a un banco.

—En los bancos se guarda dinero, joyas.

—Y a veces, como es el caso, bombas. Granadas tan peligrosas que pueden estallar en las manos. A Hope y Korth los alcanzó rápidamente la metralla, si se me permite el símil.

—¿Cómo podemos saber si quienes andan tras esos papeles saben de su nuevo paradero?

—Sólo hay una manera: adelantándonos.

—¿Tiene amigos en Basilea, Gonzaga?

—No precisamente amigos. Digamos que conocidos. Gente muy cercana a mi padre. El tipo de personas que abre puertas si se tocan a la hora correcta.

—¿Y abren bóvedas?

—Eso no lo sé aún, padre. Tengo la esperanza de que sí.

—¡Vaya con Dios!

Hay un dicho en la alta curia vaticana: «Tu muerte es mi vida.» En los pasillos de la Ciudad Santa, por llamarla con dulzura, la zancadilla es un deporte infantil. Al llegar a la adolescencia, el prelado ha aprendido los caminos más subrepticios para llegar al poder. Cada vez que Ignacio Gonzaga miraba a los ojos de Pietro Francescoli, sentía la daga de la traición abriéndole la carne, rompiendo los tejidos y atravesando certera su corazón...

Aún así, le dio la mano en señal de despedida. El padre general lo conminó con un grito:

—¡Dese prisa, Gonzaga!

No había hecho otra cosa que correr desde que salió de Ammán.

Compró boletos y habló al St. Regis.

—Nos vamos a Basilea. ¿Estarás lista en unas horas?

—Sí. Dejé ya todo en la valija diplomática. Hay instrucciones precisas en Tel Aviv. Lo he enviado a un amigo mucho más discreto que los de mi oficina.

—Perfecto.

—¿Y quién seré?, ¿sor Edith o yo misma?

—Shoval Revach, ¿ves por qué fue mejor que te quedaras en el hotel?

—La gente de la recepción creerá que soy una libertina que espera a su amante sin los hábitos, empezará a odiarme.

—Y yo empiezo a odiar los hábitos. Detestaría desear a una monja tan hermosa.

—No juegues con fuego, Ignacio, habitualmente quema.

—Bromeaba. Te ofrezco una disculpa.

—¿Y por qué te quedas callado?

—Aún estaba imaginando tu expresión de enfado. Paso a buscarte más tarde.

Tenía aún algo que hacer en Roma, pero le quedaba poco tiempo. Regresó a la Gregoriana. La religiosa asistente del padre Korth lo miró con recelo. Sin embargo, lo mejor de resolver un crimen en el Vaticano era que no había procedimiento policial protocolario: ni la oficina estaba precintada, ni había un gendarme custodiando la entrada. Sólo los ojos apagados de la monja que había perdido a su mentor de manera por demás violenta, la monja que no creía realmente que su amado padre se hubiera suicidado.

—Sé recibir órdenes, padre Gonzaga, pero hay más de una explicación que necesito escuchar para dormir tranquila.

—Yo no he dado ninguna orden, madre, le he hecho recomendaciones.

—El padre Francescoli sí me ha instruido con precisión acerca de lo que debía hacer cuando llegasen los investigadores del Vaticano. Así me dijo: los investigadores. Pero ¿sabe usted quién se presentó aquí mismo?

—El subsecretario de Estado, por supuesto —dijo.

Luego entró al despacho. Pensaba que en el Vaticano, al llegar a cierto nivel en la curia la discreción era sustituida por el cinismo; lo había visto muchas veces. En alguna ocasión, además, lo habían prevenido. Entonces él era un jesuita joven que creía ciegamente en la Iglesia, cuya fe aún estaba intacta. Una fe ciertamente heterodoxa, como la de todo jesuita: mezcla de devoción por Ignacio de Loyola, excesivo respeto por la propia inteligencia y confianza irrestricta en la sabiduría divina.

—Ser jesuita —le había dicho su mentor el padre Ignacio de la Torre—, al principio es relativamente sencillo. Estudias como poseso, crees como místico y obedeces como soldado. Un día todo eso se quiebra y te quedas solo y miserable como un perro. Ese día te volteas y sabes que ni siquiera deberías haber confiado en tus hermanos.

—¿Por qué me lo dice ahora, padre?, cuando voy a hacer mis votos. ¿No le parece demasiado tarde?

—¿Recuerdas las *Constituciones ignacianas*? El que tuviese madre y padre y hermanos los olvidará y no volverá a tener otra madre que la Iglesia, otro padre que el papa y otros hermanos que sus compañeros de orden?

—Es una interpretación un poco laxa de la letra, padre De la Torre.

—De ninguna manera; es exactamente lo que quiso decir Loyola, es la única manera de convertirse en un soldado de Cristo. Y das todo por ello. Hasta que un día, y te ocurrirá, Ignacio, te ocurrirá, tu nueva familia también te abandonará a tu suerte.

Él no había pedido el consejo, y además no se lo había dado para evitar que se ordenase. No eran las palabras de un cínico ni los pensamientos de un apóstata, era la recomendación de un amigo realista.

Salió nuevamente del despacho de Korth. Miraba la vida de la monja que, a pesar de los años de servicio, comenzaba a dejar de tener sentido. Sólo supo decirle:

—¿Y cuáles fueron las órdenes del padre Francescoli, hermana?

—Podía verlo todo, tocarlo todo, revolverlo todo, pero yo no debía decir nada del sobre.

—¿Del sobre, hermana? ¿No fui yo el primero en llegar aquí a revisar la oficina del rector? ¿No fui yo el primero, junto con sor Edith, en interrogarla?

—El padre Francescoli vino antes, personalmente, a pedirme que los atendiera a usted y a la hermana Edith, pero hizo también muchas preguntas y lo revisó todo.

Las huellas que con tanto ahínco había recabado Shoval Revach, lo sabía de antemano, serían las del secretario privado del padre general que, nuevamente, había acabado con cualquier evidencia seria de la «escena del crimen», como le hubiese gustado decir.

¿Y si él mismo hubiese modificado en ambas ocasiones las cosas a su antojo? Hay clavos muy retorcidos en la Iglesia, doblados a martillazos de conciencia, pensó.

—Usted me dijo hace unas horas, hermana, que se trató de la primera vez que el padre Korth envió algo a ese o a cualquier banco. ¿A quién estaba dirigido? ¿Sabemos algo más?

—A un banquero. Es todo lo que sé. En sus asuntos personales, el padre era una tumba sellada.

—A la que intentaron profanar, madre. No lo olvide. Debemos encontrar algo. ¿Puedo ver su ordenador? —preguntó. Estaba seguro de que la Entidad no había respaldado el disco duro de Korth; incluso en eso eran primitivos, oficiales de la Inquisición que habían extraviado el siglo.

La hermana abrió el despacho y le dejó hacer su trabajo. Le llevó apenas media hora copiar todo el disco duro y grabar con la cámara especial que le permitiría después reproducir en tercera dimensión el escenario del crimen. Un aparato que, precisamente, se estrenó con la policía científica italiana y que ahora poseían los mejores expertos del mundo. Mientras tanto, revisó entre los papeles que los espías de la Secretaría de Estado habían ya revuelto: nada, absolutamente nada de los datos bancarios, lo que era un alivio.

Cuando terminó, habló al hotel desde su móvil:

—Nos vemos directamente en el aeropuerto, toma un taxi o perdemos el vuelo, ¿de acuerdo?

Shoval le dijo que tenía noticias, pero que no podía comunicárselas por teléfono. Otra vez el Fiat estaba aparcado cerca. Había oscurecido del todo cuando encendió las luces y pisó el acelerador.

Dos cuadras después volvió a ver el Lancia Delta azul. Cuando los sintió tan cerca que pudo olerlos se dio cuenta de que no se trataba, definitivamente, de ningún hombre del secretario de Estado.

Lo que hubiese sido un rápido trayecto al aeropuerto se convirtió en un viaje frenético. Intentó despistarlos como la primera vez, tomando una callejuela, pero advirtió que lo único que estaba haciendo así era encerrarse. Le darían pronto alcance.

Tomó la via dei Lucchesi y giró rápidamente a la izquierda sobre Largo Pietro Di Brazza'. Amaba el nombre de la siguiente calle, tan lejana en espíritu a la curia y a sus propios hermanos jesuitas: via dell'Umilta. Allí volvió a acelerar. En el espejo retrovisor pudo verles las caras. Eran los dos mismos gigolós de la primera ocasión, con sus lentes oscuros que les ocultaban la mitad del rostro. Buscó la pistola casi de juguete que le había dado Francescoli. No había pensado en utilizarla y ahora extrañaba la Luger de su padre que lo acompañaba siempre en su Land Rover. Esta vez, en el caso de que aconteciera un ataque, con el arma que tenía apenas podría defenderse.

El Fiat, además, probó ser un mal auto para una persecución: suficientemente chico para escabullirse, pero no de unos profesionales cuyo automóvil tenía un motor de verdad.

Estaban en la piazza Venezia. Gonzaga se saltó el semáforo en rojo después de comprobar que no había más peligro que los bocinazos de algún inconforme. Los del Lancia hicieron lo propio. A esa hora de la noche el tráfico era escaso. Escuchó entonces el ruido de dos autos frenando de forma intempestiva, los neumáticos chirriando a sus espaldas, y sintió a sus perseguidores endiabladamente cerca. Tomó la via dei Fori Imperiali.

Los buscó por el espejo retrovisor. Enceguecido al principio por las luces, tardó en distinguir el auto. Volvió a intentar la fuga, esta vez por piazza del Colosseo. Allí dio vuelta a la izquierda en la via Celio Vibenna y luego en San Gregorio. Lo seguían, aunque los había aventajado lo suficiente.

El corazón era una especie de aldaba enorme de bronce que golpeaba en el pecho. La adrenalina corría a tal velocidad por su cuerpo que no le dio tiempo de sentir miedo. El miedo es una reacción secundaria cuando lo único que deseas es huir. La hormona responsable del espanto, la epinefrina, paraliza o te hace correr, según sea el caso: puede ser tan fría o tan caliente como la arena del desierto.

Una pequeña calle lo dejó en la via delle Terme di Caracalla sólo para comprobar que el Lancia seguía allí, como una pesadilla. Sonó un disparo, que dio en su puerta. La bala se incrustó en el coche sin hacerle daño, pero el silbido del proyectil se introdujo en su oído tan hondo que lo hizo reaccionar de inmediato. Dio una vuelta en redondo, como había visto hacer en las películas, colocándose en dirección contraria a sus perseguidores.

Volvía a la piazza di Porta Capena. Por un instante se perdieron de vista. Respiró hondo y tembló.

Así que esto es el miedo —pensó—, el verdadero miedo: un impulso frenético. Tenía el arma entre sus piernas, inútil, y los dos brazos sobre el volante, como un adolescente que recién aprende a manejar.

Cruzó así cinco calles, sin interesarse por las luces de los semáforos, sin escuchar ya nada, sin ver nada. Era una presa que huye despavorida y cuyos sentidos lo conducían, como a un autómata, a un lugar apartado del bosque. El ruido de los motores era un telón de fondo, apenas perceptible. Lo que sí podía escuchar era su respiración agitada, casi frenética. Le faltaba el aire.

Se introdujo entonces en una pequeña calle a la izquierda de la piazza del Lavoro, donde se dio cuenta de que ya no lo seguían. Dejó el coche allí, con las puertas abiertas, el motor encendido. Tomó solamente el arma, que guardó en el maletín, y salió corriendo tan rápido como se lo permitieron las piernas.

Tres calles después, prácticamente sin oxígeno, con el corazón que latía como si bramara y quisiera romperle la sotana, tomó un taxi y le pidió que lo llevase al aeropuerto. Sudaba copiosamente.

—Lo más rápido que pueda, es cuestión de vida o muerte.

—Haré lo que pueda. Todos dicen lo mismo. No entiendo por qué no salen con antelación —contestó el taxista, y pisó el acelerador. Pronto estuvieron en el viadotto della Magliana. Calculó el tiempo. Estaría en el mostrador de la aerolínea en veinticinco minutos si el taxista entraba a la A-91 antes de que algún otro loco los persiguiera.

El miedo lo acompañaba, tan contundente como si fuera un tercer pasajero presente en el mismo taxi. No volvió a ver el Lancia Delta.

6

Roma, 1929

—Mussolini, como usted sabe, Su Santidad, ya contrajo matrimonio y ahora ha bautizado a sus hijos —le informó emocionado a Pío XI su secretario de Estado Piero Gasparri—. Han revisado dos veces el concordato y nos informan que está listo para firmar. ¡Hemos salvado al Vaticano!

—Pacelli ha traído al mejor hombre a Roma para ayudarnos con las finanzas, lo conoció como nuncio en Baviera. ¿Ha hablado ya con Bernardino Nogara? Es él quien salvará al Vaticano, no nosotros. Guardo todas mis esperanzas en sus buenos oficios, aunque me temo que no tendrá mucho margen de maniobra, tenemos muchas más deudas que dinero —dijo Pío XI.

Bernardino Nogara había salvado al Reichsbank en Alemania y era, como la mayoría de los allegados del papa Achille Ratti, milanés. Le dejaría las manos libres, era la condición del ex banquero para aceptar la encomienda del papa. Resultaría el seglar más sacerdote del Vaticano hasta su remoción del puesto muchos años después, en 1954. Nogara sabía que la empresa era colosal, pero del mismo tamaño era su empeño por salvar al papa y a la Iglesia. Era tiempo de pensar en la eternidad, no en minucias terrenales, había pensado al salir por vez primera del despacho del pontífice. Su extrema modestia y sobriedad en el vestir, acompañadas de su cuidadísima barba tipo candado, serían vistas allí muchas más veces, durante décadas. Se pasó el dorso de la mano por los labios para borrar el sabor amargo del anillo papal que había besado antes de salir. Era un aficionado a los caramelos, así que introdujo uno en su boca, que alivió la sensación. El nuevo banquero del papa era enérgico y escéptico, eso le había encantado a Pío XI, que ahora volvía a preguntarle a Gasparri:

—¿Ha hablado ya con Nogara?

—Muchas veces. Me temo, Santidad, que será imposible satisfacer sus deseos de independencia.

—Vayamos por partes, Gasparri; para ser un hombre viejo va demasiado de prisa.

—No desea a ningún cardenal en su consejo, sólo seglares.

—¿Ha pedido para él algo inalcanzable, sueldos, palacios, sirvientes? —Pío XI conocía la reputación ascética del banquero.

—Nada. Vive del aire. Quizá también se alimente de aire. Me han informado que es el primero en llegar y el último en irse. Vive en un modestísimo apartamento desde que llegó a Roma e insiste en venir al Vaticano en tranvía.

—Algo deberían aprender de él en la curia nuestros obesos cardenales, dedicados al ocio y la abulia.

—*Hic manebimus optime* —«aquí nos quedaremos tremendamente bien», bromeó en latín Gasparri.

El patriarca rió. Un sacerdote joven y pequeño, casi un monaguillo, anunció a Pacelli. Pío XI hizo un gesto con la mano y la altísima figura del sacerdote llegó hasta el sillón pontificio de tres largas zancadas. Se arrodilló y besó el anillo del sucesor de san Pedro:

—Nos han pedido cambiar el concordato nuevamente, Santo Padre.

—Y ahora, ¡cuánto más vamos a sufrir!

—Nos quedan cuarenta y cuatro hectáreas de territorio, es lo único que nos permiten salvar —terció Gasparri—, a cambio de unas cuantas monedas. ¿No será éste el beso de Judas, Pacelli?

—¡Al contrario, son muy buenas noticias, Santidad! Nogara ha conseguido que el regalo del Duce sea uno mucho más generoso.

—¿Un regalo? ¿Estamos discutiendo algo más que la exención de impuestos? ¿Qué pretende Mussolini que el papa le dé a cambio?

—Italia nos pagará una justa retribución por los *patrimonia* perdidos desde 1870 hasta ahora. La Iglesia, además, dejará de pagar cualquier tipo de contribución al Estado. No más impuestos, *per saecula saeculorum*.

—¿Y a cuánto asciende el regalo del Duce? —preguntó el pontífice.

—Nogara y yo negociamos los términos en dólares: noventa millones en efectivo, bonos gubernamentales y una amplia, muy amplia bolsa privada para los gastos personales del pontífice cuyos términos no aparecerán en el tratado, pero que duplica la cantidad.

—Nogara, sin embargo, ha predicho el colapso de la economía italiana, así me lo comunicó en privado.

—Ésa es la razón por la que negociamos en dólares. Bernardino piensa invertir de inmediato ese dinero. Sólo la bolsa papal podrá utilizarse. El Vaticano requiere, con urgencia, recapitalizarse.

—También tendremos un suplemento nada despreciable, Su Santidad, en el que me he empeñado —intervino Gasparri—: el gobierno italiano pagará los sueldos de los sacerdotes que oficien en el país.

El pontífice no podía ocultar la alegría; aun así, utilizó su severidad:

—¿Y los asuntos políticos? De nada nos sirve el dinero si no están acordadas nuestras condiciones de supervivencia en medio del fascismo. De lo contrario, uno de estos días estaremos llenos de Camisas Negras —dijo el papa.

Era el turno, nuevamente, de Pacelli, otra de sus victorias. Aunque en realidad había sido su propio hermano quien había negociado la parte no económica del pacto. Eugenio Pacelli era hábil como pocos. Sus años de espía durante la primera guerra mundial le habían dado su mejor arma: la capacidad de aprovechar el trabajo ajeno, que lo obligaba a procesar sin descanso información, contactos y redes. Podía ser un sinuoso diplomático cuando se requería o una especie de militar inflexible cuando era conveniente. Afirmó:

—La segunda sección del concordato, Su Santidad, es explícita a nuestro favor. Habla de nuestro territorio y nuestras propiedades. No sólo la basílica de San Pedro, las cuatro barracas de la Guardia Suiza, el palacio donde estamos y todas sus calles y plazas.

—Hemos quedado reducidos a menos de cincuenta hectáreas.

—Se nos ha concedido jurisdicción extraterritorial en Castelgandolfo y en las otras tres basílicas de Roma. Algunas otras propiedades en Milán y en el Reggio. Esos edificios serían independientes de la jurisdicción italiana, como si fuesen nuestras embajadas dentro del propio país.

—Es el retorno de nuestra independencia, Su Santidad, de nuestra soberanía. Usted mismo ha revisado los planos de nuestro nuevo Estado, que Barone ha cambiado desde abril del año pasado tres veces a nuestra petición. *Status Civitatis Vaticanæ* ¿Se acuerda cuando me pidió que comiera en casa del mismo Mussolini y que exigiera ese territorio con la amenaza de romper nuestras conversaciones?

¡Cómo no habría de recordarlo! La pobreza de la Santa Sede era su única preocupación desde hacía siete años. ¿El nombre no seguía siendo una contradicción, Estado de la Ciudad del Vaticano?

Gasparri estaba al tanto de las negociaciones de Pacelli; sin embargo tenía que mostrarse cauto frente al papa. Preguntó:

—¿Cuándo tendremos una última versión del concordato para el visto bueno de Su Santidad?

Todo estaba preparado de antemano. El joven sacerdote extrajo el borrador y lo puso en las manos de Gasparri, quien fingió revisarlo por vez primera antes de ponerlo ante Pío XI.

Los pequeños espejuelos dorados del papa apenas ocultaban la mirada emocionada del antiguo archivista. Pensó en los proyectos históricos que tenía entre manos —la renovación de la biblioteca, la creación de un Instituto Pontificio de Arqueología, un observatorio astronómico en Castelgandolfo, las ideas de un pequeño monarca que había permanecido con las manos atadas—, pero sólo dijo:

—Al fin podremos deshacernos de las ratas.

Nogara estaba en su austero despacho. Ahora presidía una nueva institución del Vaticano, más poderosa que cualquier dicasterio, la Amministrazione Speciale della Santa Sede. Atrás habían quedado sus años de ingeniero —había estudiado con ahínco en el Politécnico de Milán— dedicados a la explotación de minas en Gales, Bulgaria y el imperio otomano. Atrás quedaron sus tiempos de banquero en Alemania, sus días en Estambul mientras veía amanecer en el Bósforo, quizá la más bella de todas las formas de empezar el día, pensaba. Sus tiempos en el Comité de Reparaciones, donde continuó su empeño como representante financiero de Italia en el Tratado de Versalles.

«El consejero más eficiente —decía por entonces— es aquel que parece invisible, pero cuyas huellas están en todos los documentos que se firman.»

Había aprendido a ser la *eminencia gris* de tantos proyectos que, ahora, al servicio del papa, sería excepcional.

—Tiene las manos libres, Nogara, el papa mismo se lo ha garantizado —quien así le hablaba era Pacelli, que había pasado a saludarlo en su nueva oficina.

—Es la única forma de hacer algo provechoso en poco tiempo. No quiero perder el mío intentando poner de acuerdo a un puñado de sacerdotes enemistados entre sí. Esas ingratas labores se las dejo a gente piadosa como usted, Pacelli. Yo sólo sé hacer lo mío: dinero.

—Tendremos pronto el efectivo y los bonos de Mussolini.

—Los bonos los negociaremos cuanto antes y, con respecto al efectivo, ya he estudiado una amplia cartera de empresas en las que haremos inversiones, compra de acciones. Diversificaremos nuestros ingresos de forma que disminuyan los riesgos.

—Sabio de su parte.

—No lo sé. Digamos que es, por lo menos, pragmático. Y además, urgente. A finales de febrero habremos colocado al menos la mitad del efectivo. Necesitamos empezar a recibir ganancias.

—¿El Santo Padre le ha hablado de sus proyectos personales? ¿Qué piensa hacer con su bolsa?

—No dejaremos que la use indiscriminadamente. Descuide, Pacelli.

—Pío es inflexible cuando se trata de sus prioridades, le prevengo.

—Y yo soy eficaz cuando se trata de cumplir los caprichos de los poderosos. Descuide, sabré manejarme.

Hablaba en serio.

—¿Ve estas carpetas, arzobispo? Son los reportes pormenorizados de las treinta y tres empresas más prósperas de Italia. Seremos sus socios.

—¿Por qué ese número?

—Por superstición. Lo hago para encomendarme a Cristo. Pero no es con suerte que resolveremos el asunto, descuide. Empezarán pronto a llegar las buenas noticias.

—Sabe lo que el papa opina acerca de la usura, Nogara, ándese con cuidado.

—No voy a jugar con las convicciones del papa, no necesito hacerlo. Cuando empiece a fluir el dinero, se disolverán sus dudas, dejará de preguntar en qué invertimos. Pondremos un pez en la boca del hambriento, eso es todo.

Bernardino Nogara invertiría tanto en la Bolsa de Valores como en armas y en fábricas de anticonceptivos. La moral dispone de pocas palabras y muchas acciones: hubo quien contó unas cuarenta fábricas. Cada diez días informaría a Pío XI de la situación económica del Vaticano y muy pronto se mudaría de residencia para estar cerca del papa y sus asuntos. Pacelli hizo un gesto de preocupación y se atrevió a cuestionar al antiguo banquero, sin conocer todavía sus futuros planes:

—¿Invertiremos nuestro dinero en algo pecaminoso?

—¿Le parece pecaminosa la luz, Pacelli? Porque voy a traer la luz a este lugar sumido en la tiniebla de la pobreza.

Tal vez no la luz instantáneamente, pero sí el calor. Nogara ya había negociado la compra completa de Italgas a Ricardo Panzarasa, su dueño en bancarrota. El gas del Vaticano llegaría a todos los hogares de la Italia unificada. Dos años después, Nogara estaría en los treinta y tres consejos de administración de las empresas que había auscultado, inyectándoles capital e ideas.

Pacelli no podía imaginar lo que Nogara se traía entre manos, pero intuía que escapaba a sus cavilaciones. Dijo entonces:

—Entiendo. No haré más preguntas. ¿Le han dicho los colaboradores de Mussolini cuándo empezará a llegar el dinero?

—Me temo que allí los necesitaré a usted y al cardenal Gasparri. Se trata de una suma tan importante que la han retrasado hasta el primero de julio. Si el papa se entera, tal vez se niegue a firmar.

—Haremos todo lo posible por adelantar esa fecha.

—No importa que escalonen los pagos, necesitamos contar con recursos lo antes posible.

—Hablaré con el secretario de Estado. Cuente con eso.

—¿Se acuerda cuando conversábamos acerca de los caprichos de los poderosos?, ¿de mi papel en lograr que los cumplan?

Pacelli asintió; estaba, no frente a un viejo lobo de mar, sino delante del jefe de la jauría.

—Prefiero adelantarme a sus deseos. Ya le he pedido a Giuseppe Momo dos primeros proyectos: el palazzo del Governatorato y la renovación de la Biblioteca Vaticana.

Momo era un arquitecto milanés amigo de la familia de Ratti. Pacelli lo sabía, había cenado con él en alguna ocasión. Nogara siguió:

—Sacaremos las ratas, como dice el papa, y también modernizaremos estos vejestorios. Nadie puede gobernar un territorio sin un lugar *ad hoc* para su burocracia. Todas las oficinas importantes estarán allí y reservaremos este lugar para los asuntos de Estado. Eso, sin olvidar la historia. El Vaticano es lo que es por su pasado, no por este presente tan negro.

—Y el papa no puede dejar de pensar en sus libros.

—Ha dejado de ser prisionero.

—Y usted lo hará rico —le dijo al antiguo banquero, un hombre que además de la inteligencia, poseía una virtud enorme para un lugar tan cosmopolita como el Vaticano: hablaba a la perfección ocho idiomas.

—Exacto, arzobispo. Si las cosas nos salen bien, la próxima vez que nos veamos, vestirá usted la púrpura cardenalicia —bromeó el banquero.

No exageraba en ninguna de sus predicciones.

Llovía esa tarde en el Vaticano. Llovía agua y llovía historia. La lluvia en ocasiones sabe a cenizas. El cielo se rompía en pedazos y dejaba caer su ira sobre los religiosos que corrían a guarecerse en los portales y tras las puertas de los palacios. En el Palacio Lateranense se estaba sellando el futuro del nuevo Estado papal. Pío XI había cedido a los reclamos del político: concedería a Mussolini una audiencia privada antes de la firma del tratado.

Apenas dos salones más lejos del lugar en el que el papa León III había coronado a Carlomagno como monarca del Sacro Imperio Romano en el año 800, dos guardias abrieron ceremoniosamente las puertas, para que Il Duce entrara al aposento en el que el pontífice habría de recibirlo.

Los mismos guardias cerraron las puertas a los demás miembros de la doble comitiva: afuera quedaron cardenales y diputados y la corte de lacayos de ambos grupos. Sólo el cardenal Gasparri y el arzobispo Pacelli acompañaban al sumo pontífice. Il Duce entró solo al enorme salón.

Benito Mussolini, el hombre que unos años antes había presumido en sus mítines de sus ciento treinta y seis amantes, entraba a la sala de audiencias vestido para la ocasión.

Su sastre le había confeccionado un traje negro con rayas grises apenas perceptibles y amplias solapas. El escaso cabello engominado le daba el aire de un actor mal pagado. Aun así, Il Duce entró pavoneándose. Contemplaba los gobelinos y las tapicerías, los enormes cuadros y los vetustos muebles. Así que esto es el Vaticano por dentro, pudo haberse dicho, con cierta conmiseración. La humedad y la falta de mantenimiento habían hecho estragos. Era como entrar a la casa en ruinas de un anciano, que apenas se mantiene en pie gracias a pura voluntad. Italia es tan católica, habrá seguido diciéndose, que él sería visto como una especie de redentor de la fe, el salvador. Así debía quedar claro en los reportajes al día siguiente y se aseguraría de ello.

Afuera seguía lloviendo y las gotas salpicaban los amplios ventanales.

No había una corona que colocar en la cabeza de Mussolini. Al fondo del salón, el papa aguardó en su trono, con su tiara. No se levantó para el saludo, un último gesto de orgullo que ocultaba, más bien, la humillación del propio acto. En Pío XI recaía el dolor ya rancio de al menos cuatro pontífices prisioneros de Roma. Su rostro no ocultaba la desconfianza que le provocaba el hombre recién entrado, desde el primer día que lo contempló en los titulares de los periódicos hacía ya tanto tiempo. Ese hombre que ahora hacía gala de penitencia y de falso arrepentimiento. ¡Cuántas veces había contemplado la mentira en el rostro de los hombres! Quien acababa de entrar, era para él, la personificación de la hipocresía.

Il Duce avanzó lentamente y terminó arrodillándose frente al papa. Luego besó el anillo y los pies desnudos del Santo Padre, quien mecánicamente se limitó a pronunciar en latín:

—*Benedicat te omnipotens Deus Pater, Filius et Spiritus Sanctus.*

La mano del papa hacía frente al hombre la señal de la cruz y sus ojos por primera vez se posaron sobre la calva del fascista, cuya mirada apuntaba al suelo.

Con una lentitud teatral, Mussolini se levantó. La transformación había sido instantánea. Achille Ratti se escandalizó: en apenas segundos, un enorme quiste había aparecido en la cabeza sin cabello del Duce. La protuberancia, roja y húmeda por el sudor, parecía haberle estallado.

El horror del papa fue en aumento. «La marca de la bestia», se dijo, sin dudarlo. Tal y como lo anunciaba El Libro de la Revelación.

Contempló la barbilla ennegrecida de Mussolini y por vez primera el hombre abrió la boca para sonreír al pontífice: «Amarillos y separados son los dientes de los malvados», recordó aquel refrán que le gustaba repetir a su madre. En la supersticiosa Milán de su niñez, esa sonrisa era identificada con la maldad.

El papa cerró los ojos, procurando pensar en otra cosa, mientras Il Duce procuraba expresar en su mejor italiano el respeto del pueblo por su patriarca católico. Cuatro veces dijo «populo» en las tres frases que pronunció frente a Pío XI.

Gasparri, alarmado por los síntomas inequívocos de rechazo que el papa sintió al ver a Mussolini, continuó la conversación y agradeció en nombre de la Iglesia católica la benevolencia del jefe de Estado.

—Su comprensión de la precaria situación del Vaticano nos ha permitido resolver finalmente la «cuestión romana», Duce. Le estaremos eternamente agradecidos.

Con qué facilidad se usaba la eternidad como moneda de cambio en esos viejos edificios, pensó Achille Ratti mientras Mussolini, al fin, se despedía y era escoltado por sus dos fieles sacerdotes.

Ojalá no estemos pactando con el Anticristo, se dijo a sí mismo.

Las puertas se cerraron, afuera se escuchaban risas y palmadas en los hombros. Pío XI volvía a quedarse solo en el inmenso salón. Sólo entonces se levantó del trono y caminó pensativo con las manos en la espalda, entrelazadas.

No podía dejar de pensar en la frente del Duce coronada por aquel enorme quiste sudoroso. Sus ojos son definitivamente los de una serpiente, pensó.

Era demasiado tarde para dar marcha atrás y, además, no tenía alternativa. El 11 de septiembre de 1929 su secretario de Estado firmaría en su nombre el concordato en el salón de al lado. Pío XI se negaría a asistir.

Nogara, al lado de Mussolini, ayudaría a pasar los folios mientras la mirada siempre recelosa del arzobispo Eugenio Pacelli atestiguaba el final de una época de carencia y privación para el papado.

Había cumplido, como siempre, *su* misión.

7

La vio junto al mostrador de Air Italia, esperándolo. Shoval Revach era mucho más hermosa que la almidonada sor Edith, de eso podía estar seguro. Llevaba un estrecho vestido negro que le dejaba los hombros al descubierto. Él, en cambio, venía hecho un desastre. Ella lo notó de inmediato:

—¿Qué te ha pasado, Ignacio? Pensé que no llegarías. Te he estado llamando.

—Luego te explico. Ahora terminemos los trámites y déjame ir al baño.

Los aeropuertos son lugares extraños, el verdadero cruce de los mundos, se dijo. Entre el trayecto del mostrador donde le expidieron su pase de abordar y el baño se había topado con una familia india completa: desde el más anciano hasta el más pequeño en su sillita. ¿Adónde irían? ¿De quién huían? Vio también a varios ejecutivos de cualquier país, con sus maletines para *laptops,* a una señora desesperada que corría rumbo al avión que creía perder, a una pareja de jóvenes seguramente italianos que se besaba, animada por el reencuentro. Tiró la cadena y envolvió el arma con cuidado en papel higiénico para dejarla en el cubo de basura. Había comprobado la falta de seguridad del lugar: ninguna cámara que grabara dentro de los servicios.

Luego se quitó el alzacuello y se lavó la mitad superior del cuerpo. Seguía actuando como si lo persiguieran, se dijo. Respiró hondo, volvió a vestirse y se humedeció el pelo.

Sólo entonces pudo caminar hacia la sala de última espera. Le había pedido a Shoval que se adelantara. Ella le ofreció un vaso desechable con un café oscuro:

—Esto te ayudará. Ya están abordando, ¿entramos?

Cuando el avión despegó, la azafata de primera clase que había retirado minutos antes los vasos de agua regresó para preguntarles si deseaban algo más de beber. Gonzaga pidió un whisky en las rocas; Shoval, champán.

—Entonces, ¿me vas a contar qué te pasó?

El jesuita le narró con todos los detalles que recordaba la persecución del Lancia Delta azul, como vendría a llamarse la escena en su memoria.

—¿Los habías visto antes?

—El día en que te llevé al modisto.

—¿Por qué no me dijiste nada? ¿Y después?

—Nunca. Hasta hoy. Me dieron un susto de muerte.

—Es de lo que se trata, de matarte. No hemos terminado. ¿Recuerdas que te dije que teníamos buenas noticias?

Gonzaga rió. ¿Había algo bueno que contar?

—Estudié con cuidado las marcas del cuello del rector de la Gregoriana. Lo ahorcaron antes de colgarlo para aparentar suicidio, me queda claro.

—Me lo habías dicho en el despacho, ¿cómo lo sabes?

—Finalmente, la muerte es la misma, asfixia. Pero cuando una cuerda hace el trabajo en el suelo la marca es redonda, cuando la cuerda se tensa en el aire la huella de la ligadura se convierte en una diagonal.

Trazó las imágenes con su pluma en su pequeña libreta de apuntes.

—Estamos ante alguien con mucha sangre fría y a quien, por supuesto, las víctimas temen.

—Así es. Lo que no tenemos aún es la motivación. Y sin motivo hay crimen, pero no criminal.

—Las notas de Hope son la causa.

—No, Shoval. Las notas de Hope son una evidencia de que el asesino o los asesinos, ve a saber cuánta gente hay detrás de esto, quieren borrar. La muerte de los hombres borra algo mayor, lo que saben, la historia detrás de esas notas. Tengo algunos apuntes de los códigos cifrados con los que estaban escritos los documentos que Hope consultaba.

—¿En el Archivo Secreto? Son muy conocidos esos códigos, yo puedo hacer que alguien me dé las claves con una muestra y luego los seguimos leyendo.

—Algunos de esos códigos son muy sencillos. De hecho, yo mismo puedo leerlos, pero estos documentos están cifrados en algo que se conoce como «código verde», cuyas claves son realmente complejas. Lo usaban sólo los miembros del Sodalitium Pianum, un sistema de contraespionaje del papa para comunicarse en privado con su pontífice.

—¿Y qué sugieres?

—¿A quién se lo mandarías en Tel Aviv?

—En mi oficina hay un criptólogo. Se llama Ari Goloboff. Podríamos intentarlo...

—No perdemos nada. Llegando a Basilea, le envías un correo electrónico.

—Déjame entonces copiar lo que transcribiste, para ir avanzando mientras volamos.

Ambos encendieron sus ordenadores.

En el hotel Les Trois Rois de Basilea, en la calle de Blumenrein, número ocho, se hospedaron en habitaciones contiguas. Gonzaga le avisó que la alcanzaría para desayunar, necesitaba dormir. Tendrían toda la mañana para conversar. Estaban citados a las cuatro de la tarde con un amigo banquero.

Shoval parecía estar a cargo de su oficina desde el extranjero, no de vacaciones. Envió el correo al criptólogo explicándole cuidadosamente de qué se trataba. Y dio otras instrucciones.

También le enviaron algunos de los resultados preliminares de lo que pudo recabar en la oficina del rector. Era, definitivamente, el trabajo de un profesional: ninguna huella, nada de ADN.

Había habido fractura del hioides, como comprobó al tocar el cuello del hombre, pero también había visto las marcas que le indicaban, indefectiblemente, que lo habían estrangulado antes. Lo que le mandaban de Israel no agregaba, hasta ahora, nada nuevo a lo ya sabido.

Como hacía siempre que tenía un rato libre, redactaba en hebreo un diario que bien hubiese podido pasar por un informe técnico: horas, minutos, conversaciones enteras quedaban allí registradas con maniática precisión. Luego lo enviaba a una cuenta de correo personal que no consultaba ni siquiera desde esa computadora: era como un archivo secreto que algún día abriría, mostrando que este mundo sólo sobrevive gracias a la mentira.

«La verdad —solía decirle su padre— no la conoce nadie, ni el mismo Dios.»

Mordió un durazno fresco de un platón de frutas que habían dejado como cortesía en su habitación y se bebió un largo trago de Perrier.

Almorzaron allí como si fuesen dos turistas de paso en la ciudad, como si pudiesen olvidarse de la misión que los traía a Basilea.

Él pidió un vino blanco y la conversación, al menos por unos instantes, dejó la rutina de lo que se había convertido en su investigación, como si fuesen dos viejos compañeros en un destartalado departamento de policía.

Shoval le narró su llegada a Tel Aviv en el momento de la primera intifada, cuando empezó a estudiar medicina. Y luego, como le ocurría en muchas ocasiones, empezaron a hablar del «tema judío», como lo llamaban entre ellos. Shoval, sin embargo, no estaba esa tarde para la seriedad y le contó un chiste:

—¿Qué dijeron los cinco judíos más célebres de la historia? —preguntó ella.

—No lo sé —Gonzaga ya se reía entre dientes, pensando en la respuesta.

—El primer judío, Moisés, dijo: «Todo es ley»; el segundo, Jesús, dijo: «Todo es amor»; el tercero, Marx, dijo: «Todo es dinero»; el cuarto, Freud, dijo: «Todo es sexo.»

Hizo una pausa y tomó champán, aguardando la curiosidad de su compañero. Gonzaga entonces preguntó:

—¿Y el quinto?

—El quinto, Einstein, dijo: «Todo es relativo.»

Rieron estruendosamente, como dos adolescentes. Shoval se veía hermosa, pensó Gonzaga de nuevo mientras la miraba sonreír y volver a su copa.

La perturbación que produce la belleza, se dijo, pero apenas lo pensó un instante. El teléfono de Shoval interrumpió su silencio. Y el silencio nunca ha traicionado a nadie.

Poco antes de las cuatro de la tarde tomaron un taxi para ir al banco.

Eran más que amigos, pensó Shoval al verlos saludarse. El hombre, seguramente, llevaba todas las inversiones de Gonzaga. A Shoval el dinero de su amigo no la molestaba, como a otros. Estaba al tanto de sus ayudas en Jordania e incluso lo había asesorado alguna vez en la elección del equipo para un quirófano. El jesuita los presentó.

—Shoval me está ayudando en la nueva encomienda del padre general, que como sabes por lo que te informé por teléfono, implica algún cofre de seguridad en el Credit Suisse.

—He hecho ya mis pesquisas, Gonzaga. No nos llevan muy lejos, pero es suficiente información. Efectivamente, el padre Jonathan Hope hizo un envío privado al banco, pero a la cuenta de otro sacerdote. Él carece de cuenta en el banco.

—Por supuesto. Se trata con seguridad del padre Korth.

—No, tampoco. Controlé ese nombre que me diste. La persona que me dio los datos se negó a proporcionarme el nombre, alegando secreto bancario. Ni cuando se trata de un divorcio damos el nombre.

—¿Tenemos algo, entonces? —interrumpió Gonzaga a su amigo.

—Nada aún. Prometió pedir una autorización con su jefe inmediato y hablarme esta misma tarde; me debe un favor muy grande que le representó una amplia comisión. Tan pronto tenga el nombre, te hablo al hotel. Esto también es para ti.

Tendió un gran sobre a Gonzaga y añadió:

—Espero que te sirva.

—Dietrich, no hemos venido hasta Basilea para un nombre: ese me lo hubieses podido enviar por correo. Necesito consultar ese cofre de seguridad cuanto antes. Se trata de algo muy complejo. Una vez que se sepa quién maneja la cuenta, otras personas podrían morir a causa del contenido del sobre que envió Hope, empezando por tu amigo del Credit Suisse.

—¿Y cómo van a saber? Eso sólo te lo he dicho a ti.

—Las personas que necesitan esa información no van a preguntar amablemente, te lo aseguro. Ya han asesinado a dos. Me han perseguido, intentando matarme al salir de Roma. Pueden ya estar aquí, por eso debo darme prisa. Uno más, uno menos... Haz tus gestiones para hoy en la tarde, mañana temprano a más tardar.

—Haré lo que pueda, Gonzaga, pero no te prometo nada.

Decidieron caminar hasta el Credit Suisse, necesitaban echar un vistazo, le dijo a Shoval. Cuando llegaron al número uno de Sankt Alban-Graben, donde se encontraba la sucursal, se dieron cuenta de que tal vez era demasiado tarde: la policía había acordonado el lugar. Algo había pasado allí. El teléfono de Gonzaga sonó de manera distinta, o así lo creyó él, con alarma:

—Lo han matado, padre.

—Te lo dije, Dietrich. ¿Sabes algo más?

—Nada. Su secretaria dice que entraron dos hombres italianos, muy altos, que no tenían cita pero buscaban desesperadamente abrir una cuenta en el banco. Dos millones de euros, dijeron. Y, obviamente, les abrieron la puerta.

—Te refieres a la puerta de la bóveda, ¿verdad? ¿O hablas metafóricamente?

—No. Hablo literalmente, Gonzaga. No estoy para juegos: quisieron ver dónde estaban las cajas de seguridad, los tamaños, esas cosas.

—Pero nada de eso los llevaba a la que deseaban tener.

—Con seguridad, sabían el número. Cuando encontraron a mi amigo muerto había un cofre abierto y saqueado.

—No es posible. Esos cofres abren sólo si la persona trae la llave propia y el banquero coloca la llave maestra en la otra cerradura, Dietrich. ¿Cómo abrieron?

—No la abrieron, la volaron. Explosivos plásticos.

—Vamos de regreso contigo; no podremos pasar ahora, y quizá no tenga sentido.

Sacaban en ese momento a un hombre muerto, en camilla, rumbo a una ambulancia.

El edificio del UBS, el banco de Gonzaga, obra del arquitecto Mario Botta en el número seis de la Aeschenplatz, es un lugar frío. Una enorme escultura en el exterior le da ese carácter gélido que no te deja en ningún momento de la visita. Menos aún si la tercera muerte de la serie ronda Basilea. Eso sentía y pensaba Ignacio Gonzaga: Yo traje a los asesinos hasta aquí, se dice.

—Tengo más información, Gonzaga —comentó Dietrich.

—Vimos salir a tu amigo muerto.

—Un solo tiro en la frente, con silenciador. Apenas la cantidad necesaria de explosivo plástico para volar la cerradura, con poco ruido. Estos hombres eran unos expertos.

—Estoy seguro de que son los mismos que me persiguieron en el Lancia.

—Dos italianos altos. No les importa mucho su identidad, porque la policía los estará buscando hasta debajo de las piedras. Las cámaras del banco los grabaron y tomaron de todas las formas posibles.

—Ya sabemos que venían por nuestros documentos y que los han obtenido; quizá aquí termine mi investigación.

—El dueño de la caja es un jesuita como tú y vive en Roma. El gerente del banco le estará hablando en este momento para informarle del robo. La aseguradora pagará un monto fijado de antemano al abrir la cuenta; nadie sabe lo que guardan esas bóvedas, Gonzaga.

—¿Y cómo se llama el sacerdote?

—Enzo di Luca, ¿lo conoces?

—Muy bien, el viejo nos tendió una trampa.

—¿De qué hablas? —preguntó el banquero—. ¿Sabes algo? Es mi deber informar.

—No sé nada y tu único deber es con tus clientes. No sé nada más y tú nunca nos viste, ¿entiendes?

Dietrich Müller asintió con vehemencia mientras le tendía su mano nerviosa a Shoval y a Gonzaga.

Debían regresar, de inmediato, al Vaticano.

Hicieron las maletas, pagaron el hotel y alquilaron un auto. Sería lo más rápido, aunque ambos estaban nerviosos. Shoval le servía un horrible café de un termo y, para que no se durmiera, hablaban.

—¿Tienes algo más de Tel Aviv?

—Nada aún. Ari está trabajando en el código verde. Asegura que es muy complicado y fue al archivo en Haifa donde tienen clasificadas las carpetas de espionaje de la segunda guerra. Está seguro de que encontrará la hebra.

—¿Y qué gana él?

—Mi amistad, por supuesto. Y su propio orgullo; ¿te

imaginas que pueda decir que él descifró el código secreto del Sodalitium Pianum, la agencia de contraespionaje del papa? Va a elevar sus bonos como criptólogo.

—Y nosotros le hemos dado los elementos.

—Exacto. Y él nos dirá, al menos, qué es lo que estamos buscando.

—Enzo tendrá que decirnos muchas cosas antes, Shoval. Le pedí al padre general que lo aislara en lo que llegamos. Temo por su vida.

—¿No es él quien está detrás de todo esto?

—No estoy tan seguro. ¿Y arriesgarse así? Él mismo podría haber ido a sacar los documentos, sin necesidad de matar a nadie.

—Pero ¿por qué te dijo que no sabía a qué se dedicaba Hope? Los tres hombres debían de estar al tanto del secreto: Hope, Korth y Enzo di Luca.

—Sólo uno de ellos está vivo. Por eso lo necesitamos. Es nuestra única clave.

Shoval puso música en la radio.

El padre general pidió verlo antes de que comenzara a interrogar al padre Di Luca. Shoval había cambiado de hotel. La dejó mientras se instalaba en el Villa Spalletti Trivelli, cerca de la Fontana de Trevi. En una gasolinera, poco antes de entrar a Roma, se había puesto el hábito.

Gonzaga entró a la casa de Borgo Sancto Spirito.

Una vieja costumbre, quizá instaurada por el propio san Ignacio, provocaba que los asuntos delicados nunca se tratasen en la oficina, sino caminando. Esta vez, el padre general le pidió que salieran de la casa, el jardín era demasiado peligroso todavía. Ya en la calle, enfrente de la plaza de San Pedro, ocultos por el aluvión de turistas que deseaba entrar a la basílica y se perdía en la enorme explanada, fue su superior quien habló:

—Hay días como hoy, Ignacio, en que siento que me asfixio. Necesito aire, espacio.

—¿Me puede asegurar que Di Luca no corre peligro?

—Francescoli lo acompaña cada minuto y dos sacerdotes jóvenes están a la puerta de su celda. Di Luca permanece como me lo pidió, además, incomunicado.

—Con mayor razón debemos darnos prisa.

—Antes déjeme contarle algo y preguntarle por un par de asuntos. Luego tendrá toda la noche libre.

Gonzaga estaba agotado. Acompañó a su superior a la calle. Contemplaron la cúpula de San Pedro. No había viento, ni estrellas. Las nubes ocultaban el firmamento y la misma luna había desaparecido del cielo. Un pequeño farol les alumbraba la cara.

—Me ha llamado el Santo Padre. Quería hablarme de lo ocurrido, estaba al tanto de todo, gracias a la Entidad.

—¿De todo?

—Sí. No se tragaron el hecho de que a Hope le hubiese dado un infarto y que Korth se hubiese suicidado. El papa me prometió que llegaría al fondo. Luego me preguntó por usted.

—¿Sabe que estoy aquí?

—El mismo subsecretario de Estado se lo informó. El pontífice fue muy claro, Ignacio: «Quiero a Gonzaga fuera de todo esto. Siempre mueve las aguas, siempre hay escándalo tras él. Y lo que menos nos podemos permitir ahora es un terremoto en el Vaticano», así habló.

—Y usted le ofreció mi cabeza, por supuesto.

—Somos jesuitas, obedecemos al papa. Ésa es nuestra única razón de ser.

—Déjeme terminar, padre.

—Así lo hará, Gonzaga, pero tenemos que ser especialmente cautelosos. Yo le dije al papa que usted estaba en Roma por otras razones, pero que personalmente le había pedido que se involucrara. Así que podrá quedarse, pero nadie debe saber qué es lo que está haciendo aquí.

—Se lo agradezco, padre.

—No me lo agradezca y deme respuestas. Es todo lo que quiero.

Regresaban a la casa. El general quería saber algo más:

—¿Usted cree que Di Luca está involucrado?

—No, padre. Sólo sé que me mintió. Dijo no saber nada de las actividades de Hope, y luego es a un cofre secreto suyo donde van a parar los documentos que envía Korth, seguramente las notas perdidas del padre Jonathan.

—Me consuela saberlo. El padre Arrupe lo quería mucho, usted lo sabe. Y me lo encargó personalmente antes de morir, igual que a usted. Sólo que no he podido con la encomienda, es usted un rebelde peculiar.

—¿Por qué lo dice, padre?

—Porque ningún verdadero rebelde obedece, y usted sí.

—Todavía me queda algo de fe. Es lo que me mantiene en pie.

—Tengo una última pregunta para usted, Gonzaga. ¿Cree que las muertes continuarán?

—Me temo que sí, padre. Todo el que estuvo cerca de esas notas pagará su osadía, a menos que antes lleguemos a desentrañar el secreto.

El padre Enzo di Luca estaba abatido. Le informaron del robo y luego había sido injustamente encarcelado.

—Fueron tus órdenes, Ignacio, ¿verdad?

—No lo tomes como un encarcelamiento. Se trata de una reclusión preventiva. Era para cuidarte. Tú eres el siguiente en la lista, ¿lo entiendes?

—¿Yo?, ¿por qué?

—No sigas fingiendo ignorancia. No tiene sentido y eso te hará más vulnerable. Me aseguraste no saber qué demonios hacía Hope en el Archivo Secreto y ahora me entero de que estás metido en esto hasta la médula, Enzo. ¿Por qué me mentiste?

—Digamos que también para protegerte.

—Nadie puede proteger a quien por órdenes superiores tiene que ahondar en el estiércol. Y yo no te mentí: te dije qué era lo que hacía en Roma.

—No necesitabas hacerlo. Todo el mundo sabe qué haces. Para qué habrías regresado si no, Gonzaga.

—Dejémonos de reproches. ¿Qué había en el sobre que te envió Korth a Basilea?

—No me lo envió. Yo sólo proporcioné el lugar para resguardarlo. Desconozco su contenido.

—Mientes de nuevo, y no veo la razón.

—Eran notas, apuntes dispersos, nada en firme.

—Pues esos apuntes dispersos ya le han quitado la vida a tres personas, Enzo. Y tú eres el siguiente. Quienes encontraron los papeles no van a creerte cuando les digas que no sabes nada. Y serán más persuasivos que yo. Y más rápidos. Algo me dice que no tienen tiempo. Es la premura, Enzo, lo único que puede hacerles cometer un error.

—Hope era muy reservado, lo sabes ya. Habló con su maestro Korth cuando se dio cuenta de qué era lo que le habían pedido en la curia. Quería guardar memoria antes de que borraran lo ocurrido.

—¿Qué fue lo que encontró?

—¿Sabes algo del código verde?

—Por supuesto. Es el lenguaje cifrado con el que se comunicaban el papa y sus espías.

—Sus contraespías, dirás. Es el lenguaje del temible Sodalitium Pianum. Pocos saben romper su cifra. Hope lo logró.

—Era un punto a su favor. Nadie lo iba a matar por ello.

—Lo estaban usando, Gonzaga. Eso me dijo. Querían que encontrara todos los documentos que, con ese código, enturbiaran el pasado de una sola persona.

—Una persona que, como ese código, está muerta, Di Luca. Algo más terrible hubo de encontrar allí.

—Yo se lo advertí, Ignacio. Sólo hay una solución con el pasado, le decía: que se quede donde está.

—¿Me estás diciendo, entonces, que lo pusieron a aprender un código o a resolver sus claves para que luego les diera todos los documentos escritos con ese lenguaje que comprometieran la memoria de alguien?

—Exacto. Sólo que yo no sé de quién se trata. No quiso decírmelo. Era ya demasiado comprometedor para él. A Korth tampoco le informó. Sólo le pidió que escondiese los papeles. O que los enterrase. «Si yo muero —le dijo a su antiguo maestro—, este secreto debe morir conmigo.»

—¿Y por qué no los quemó, entonces?

—Yo qué sé. Sabía que los buscarían por cielo y tierra. Tal vez prefirió que los encontrasen.

—Temo por ti, Enzo. ¿No podrás salir de Roma, esconderte por un tiempo?

—¿Y adónde habría de huir a esta edad, Gonzaga? Si me quieren matar, me harían un favor. Soy demasiado débil para suicidarme y no me queda nada por hacer aquí. Vegeto, doy lástima.

—Deja de decir tonterías. Le pediré al padre general que busque un lugar seguro para ti. Me ocuparé de resolverlo.

—No creo que puedas. Corren rumores de que el propio papa ha pedido que te saquen de esto. Sabe que eres la terquedad navarra encarnada, que no te darás por vencido.

—Es él quien teme, ¿verdad?

—No puedo decirte que él haya ordenado estas muertes, no me atrevo a tanto. Pero su gente, sí: ellos están detrás de esto.

A la mañana siguiente, Shoval lo esperaba, ansiosa. Habían quedado en desayunar para compartir los avances de la investigación. Ese lenguaje aséptico les evitaba un contacto mayor. Gonzaga se sabía ya cautivado por la mujer, y eso le causaba un gran desconcierto. En todos estos años de celibato nunca deseé no haber hecho los votos, hasta ahora, se decía al verla esa mañana.

—¿Tenemos algo nuevo? —le preguntó con distancia después de besarla en la mejilla.

Shoval entendió la frialdad.

—Algunas cosas, quizá nada con importancia. Según un amigo que consiguió la información en Suiza, la bala que mató al banquero es muy extraña.

—¿Por qué?

—Ya no se fabrican más. Desde la segunda guerra. Son italianas. La fábrica era propiedad del Vaticano; la mayoría de sus acciones, al menos. La misma empresa que le vendió municiones a Mussolini para la campaña en Etiopía.

—¿Estás segura?

—Absolutamente, Ignacio. La pistola y la bala son antiguas. Fue alguien de ustedes.

—No me cierra, al menos que sea otro mensaje, Shoval. No contratas a unos jóvenes matones y les das una pistola vieja. Ellos tienen sus propias armas. Hay algo aún más turbio aquí dentro. Quien lo hizo buscaba asegurarse que tarde o temprano alguien quedara involucrado.

—¿Qué tal están tus *benedictine*? —le preguntó ella. Gonzaga ni siquiera había probado bocado.

Entonces le refirió lo que Enzo di Luca le había contado respecto al caso.

Pietro Francescoli había iniciado sus propias investigaciones. No había informado de nada al padre general, para no molestarlo. Si sus llaves podían abrir puertas para Gonzaga, ¿por qué no utilizarlas él mismo?, se dijo.

Esa mañana entró al Archivo Secreto y pidió, como había hecho antes, su némesis, las cajas en las que trabajaba Hope.

Todo estaba escrito en clave. No podía avanzar por allí. Probó con el padre bibliotecario, también como había hecho Gonzaga.

—¿Sabe acaso en qué se debatía el padre Hope? —preguntó Francescoli al bibliotecario.

—Ya lo he dicho antes: en vericuetos que nadie debe entrar o, al menos, nadie sin permiso.

—Me sugiere que Hope revisó papeles sin autorización del papa...

—El papa es un soberano temporal, padre. Me refiero a otros poderes más eternos —le dijo el bibliotecario, francamente molesto.

—Hable claro, padre. Tenemos nuestras dudas de que Hope haya muerto naturalmente.

—Al menos se mueve con verdad, pero es usted muy ingenuo, Francescoli. Demasiado para alguien que ha llegado a esta edad. La suya y la mía, padre. Los jesuitas lo han protegido demasiado. Mimado, diría yo.

—Dejémonos de rodeos, no vine a que me confesara.

—No estaría mal que lo hiciese de vez en cuando, padre. Cargaría con menos mortificaciones —bromeó el bibliotecario.

—¿De quién se trata? ¿Qué callos pisó Hope?

—¿Lo ve? No se trata de callos. No es un tema de susceptibilidad. A Hope lo enviaron aquí. Nadie entra a estos archivos sin una autorización del papa y su círculo más íntimo.

—¿Y a qué lo enviaron?

—Yo qué sé. Lo único que puedo decirle es que lo que encontró en estas cajas no le gustó a nadie. Y usted, quizá, es el último en verlas, padre. Me han pedido que hoy mismo las lleve a la Riserva, pero el propio papa se encargó de sellar la caja que las resguarda en su propia caja fuerte.

—Me está diciendo que sólo él puede permitirme volver a verlas.

—Bien haría en regresar a su casa a atender las llamadas del general, padre. Usted no está hecho de la madera que se requiere en estos casos. Por su bien, no agite ya ni siquiera un poco las aguas.

8

Ciudad del Vaticano, 1930

—Necesitamos *uomini di fiducia*, hombres de confianza absoluta, cardenal Pacelli. No podemos ceder el control de ninguna de nuestras empresas a personas desconocidas.

—Prestanombres, Bernardino, testaferros, no hombres de fe. Llamemos a las cosas por su nombre.

Los últimos meses habían estado llenos de buenas noticias. El papa había llamado a Eugenio Pacelli de urgencia a Roma en octubre del año anterior, pidiéndole que abandonara su nunciatura: había decidido otorgarle la púrpura cardenalicia un mes después. En una reunión privada, además, le había pedido que reemplazara a Gasparri en la Secretaría de Estado, algo que él mismo no esperaba conseguir tan pronto, aunque había trabajado con ahínco para lograrlo. Le preguntó entonces al pontífice:

—Santo Padre, mucho temo por la salud del cardenal Gasparri. ¿Ya le ha dado la noticia?

—Él mismo me lo ha pedido, Pacelli. Sugirió su nombre, aunque no era necesario.

Las últimas reuniones entre los tres hombres habían transcurrido calmas, pero en realidad a Pacelli le aburrían. El pontífice decía que ver a los dos prelados era como contemplar un clavo y una alcayata. Gasparri cumplía ese año ochenta y la artritis lo había doblado desde la cintura de forma tan completa que sólo miraba el suelo. El delgado Eugenio Pacelli, en cambio, altísimo y enjuto, miraba a los ojos de los hombres con unos ojos azules, fríos que podían cortarte en dos. Eran su arma favorita. El único rasgo curioso de este hombre que buscaba aparentar la distancia de un místico. Prefería utilizar su tiempo en las actividades que realmente traían provecho al Vaticano, era incansable.

Y ahora Nogara le pedía, o le rogaba, lo que justamente el nuevo cardenal y secretario de Estado buscaba introducir cerca de él en la curia: hombres de confianza.

—Además de mi hermano, Bernardino —le dijo Pacelli—, desde ahora puedes contar con mis tres sobrinos. Tienen toda mi confianza y saben cómo moverse en los círculos económicos y políticos. Por algo son príncipes.

—Es buena idea. Concertemos una cita para comer con ellos cuanto antes.

—Es usted un mago, Nogara. El mundo se colapsa, la Bolsa de Nueva York ha hecho crac, como dicen sus propios expertos, y usted no hace sino capitalizar al Vaticano.

—Es el arte de diversificar, de estar en todos lados.

—Es el don de Dios, entonces, la omnipresencia.

Nogara sonreía. Algo en este judío converso no acababa de gustarle a Pacelli. La estudiada vestimenta, una especie de túnica seglar o sus modales extremadamente amanerados. No lo sabía. Había algo de ángel maligno en Bernardino Nogara. El propio Santo Padre se lo había comentado: «Es como si hubiese surgido un día del lago Como. Hombres como Nogara parecen nunca haber tenido infancia.»

Y era cierto: ¿de qué manera imaginarse a Bernardino de niño? La felicidad de la inocencia le era ajena completamente. Además, había convertido los ritos católicos en una especie de obsesión: interrumpía la jornada a media tarde para cantar, sin importarle en qué reunión estuviera, como un fiel islámico que se arrodilla en dirección a La Meca a horas prefijadas. Todas las noches, le había dicho la madre Pascualina con admiración, rezaba los misterios del rosario en voz alta. «Es un hombre fiel, un verdadero penitente, pero algo me dice que cometió un pecado que busca expiar, como otros se restriegan la piel para borrar la mugre», decía la eterna cuidadora del ahora cardenal Pacelli. Desde sus épocas en representación del Vaticano en la República de Weimar hasta ahora, sor Pascualina había estado allí, acompañándolo como una abnegada madre que nada pide para sí salvo el silencio.

Nogara lo sacó de sus cavilaciones:

—¿A qué hora es su cita con Herr Bruning?

Pacelli tardó en contestar —un antiguo espía siempre recela de quien sabe algo que no le fue transmitido directamente—, pero finalmente pudo recomponerse:

—En una hora, Bernardino. ¿Puedo saber cómo llegó a sus oídos la cita? Es un secreto de Estado —subrayó las últimas palabras con un cierto aire de regaño.

—Somos ambos amigos del padre Kaas. Él pasará a tomar un café mientras usted se reúne con el nuevo canciller alemán.

—Entonces, sabe también las razones de la reunión.

—Las intuyo, Pacelli. Hace usted bien: hay que frenar el crecimiento del comunismo, cueste lo que cueste.

—El partido católico puede seguir como está y cruzarse de brazos, Nogara, o tomar la iniciativa y acordar con el nacionalsocialismo. He trabajado más de dos años en lograrlo y ahora se presenta la oportunidad.

—Ándese con cuidado. Mire aquí mismo, este editorial del *Der Gerade Weg* —Pacelli conocía la revista católica *El camino correcto,* y su tono incendiario le irritaba profundamente, aun así, prestó atención al banquero, quien leyó—:

«El nacionalsocialismo significa la animadversión de los países vecinos, el despotismo en los asuntos interiores, guerra civil, guerra internacional. El nacionalsocialismo significa mentiras, odio, fratricidio, y una miseria desencadenada. Adolf Hitler predica un montón de mentiras. Han caído víctimas de las frustraciones de alguien obsesionado con el despotismo. ¡Despierten!»

—Detesto la prédica, pero acepto que lleva razón, Nogara. Durante demasiados años, los católicos hemos predicado nuestro odio a Hitler y sus ideas. Es tiempo de amigarnos con él y con su gente.

—¿El papa lo aprueba?

—El Santo Padre me ha pedido que me ocupe personalmente del asunto y haré lo que me corresponda para lograr un concordato similar al que firmamos con Mussolini. Hitler llegará al poder con nosotros o sin nosotros, y entonces valorará a quienes fueron sus amigos y a quienes sus enemigos: prefiero que nos acerquemos desde ahora.

—¡Vaya con Dios!

El padre Ludwig Kaas, quien representaba a los católicos y su partido en el Reichstag, presentó a los dos hombres y los dejó solos en el despacho del nuevo secretario de Estado.

Eugenio Pacelli poseía un don especial para leer a las personas, como si las desnudara. Sus ojos amenazantes lo hacían parecer santo, según unos; demonio, según otros. Durante los primeros minutos de toda conversación dejaba que fuera el otro quien hablara. Parecía incluso indiferente a lo allí dicho, como si no estuviera escuchando; cuando el monólogo empezaba a ser repetitivo, Pacelli hendía la piel con su ironía:

—Y entonces, Herr Bruning, ¿está dispuesto a negociar

con nosotros, o ésta es sólo una visita de cortesía? Demasiados secretos y rodeos para venir a hacer turismo a Roma. ¿Ya tuvo oportunidad de ver el Coliseo?

—Admito su impaciencia, cardenal. Es sólo que deseaba ponerlo al tanto de la situación que impera en el Reich.

—¿Usted realmente cree que no la conozco? No nos andemos por las ramas, Bruning. Usted es un hombre ocupado y yo necesito tiempo para atender asuntos terrenales y celestiales a la misma vez. ¿Me da su palabra?

Bruning no era un improvisado. Cortó:

—Mi palabra, ¿sobre qué, cardenal? No me ha dicho siquiera para qué hemos de pactar. Somos fieles servidores de Su Santidad, y eso usted lo sabe. Estamos deseosos de colaborar.

—Entonces digamos lo esencial. Tómese su café, se le va a enfriar.

Otra vez, la pausa estudiada. El tiempo suficiente para saber si el otro allí delante ha mordido el anzuelo y está de nuestro lado o si aún hay que ablandarlo un poco. Le pareció que Heinrich Bruning sería presa fácil, así que continuó:

—Hitler no es Bismarck; no habrá una persecución como la del Kulturkampf en 1870. Usted y yo luchamos en el mismo bando, Bruning. ¿Ha leído *Mein Kampf*?

Señaló el libro colocado estratégicamente en su escritorio. El canciller alemán asintió, pero se guardó su verdadera opinión frente a Pacelli.

—Todos en Alemania, cardenal, lo hemos leído. Para refutarlo o seguirlo, pero lo hemos leído.

—Hitler hace una clara distinción entre partidos políticos y religión que puede operar a nuestro favor. Necesitamos un gobierno que tome medidas contra la relajación extrema. Nadie quiere otra pusilánime Weimar.

—En eso estoy de acuerdo con usted, cardenal. Sin embargo, le insisto, no veo cómo lograr un acuerdo con los nacionalsocialistas.

—¿Ha estudiado con cuidado a Adolf Hitler, Bruning?

—Seguramente no tanto como usted, pero sé que nació y se crió como un buen católico austríaco.

—Aún más, tenemos informes confidenciales de que no sólo estudió con sacerdotes, sino que él mismo deseó en su juventud convertirse en cura.

—Eso habrá sido en su juventud, cardenal. En Austria todos quieren ser sacerdotes alguna vez. Hitler es un hombre soberbio quizá por pequeño. Es un saco de delirios y afrentas. Está enojado con todo el mundo.

—Pero es un político y sabe que tiene que negociar si quiere alcanzar algún día otra posición que la del vociferante enemigo de todos. Ha ido madurando. Debemos darle el beneficio de la duda.

—¿Qué me sugiere?

—Algo muy simple: que Adolf Hitler ocupe un rango importante en su nuevo gabinete, canciller.

—Eso es inadmisible. Se vería como una concesión, un síntoma de debilidad.

—Lo que es un síntoma de su debilidad, Bruning, como de muchos de mis colegas en Alemania, es su cerrazón. ¿Dejarán entonces que los socialistas sean mayoría en el Reichstag? Están a punto de conseguirlo. Entonces, que el Señor se apiade de ustedes.

Pacelli elevó el tono de su voz: lo que al principio tenía el tinte de una súplica se había transformado en un reproche. Pasó a la carga, ordenándole a aquel hombre que sólo había visto en esa ocasión precisa:

—Si usted no coopera, Bruning, le pediré personalmente al padre Kaas que renuncie a la dirección del partido católico. No me deja alternativa.

—Usted sabe que sin el partido no tendríamos apoyo suficiente para gobernar. Nuestro gobierno es frágil. La alianza socialista-católica es la que nos sostiene.

—Viene siendo tiempo de cambiar de amigos.

—No me deja alternativa, cardenal.

—No existe alternativa, Herr Bruning. No se trata de lo que quiera el papa, sino de lo que demandan los tiempos.

—La Iglesia católica alemana rechazó la participación de miembros del partido nazi en sus ritos y misas. ¿No le parece un poco tarde para intentar la reconciliación?

—Nunca es demasiado tarde.

El endeble canciller tomó un respiro, terminó el café, que ya estaba helado, como la conversación, y sólo se atrevió a decir:

—Ojalá el Vaticano salga bien librado de las manos de Hitler.

—Confiemos en el Señor, Bruning. Él sabe mejor que nosotros por qué ocurren las cosas. Tomemos este tiempo difícil como una prueba de fuerza. Saldremos airosos, se lo aseguro.

El padre Kaas y Nogara aguardaban afuera de las oficinas de Pacelli. Heinrich Bruning saludó al banquero milagroso que había salvado el Reichsbank y le dijo al sacerdote:

—Pacelli no se anda con rodeos. No sé cómo podré cumplir su encomienda.

Kaas sabía bien de qué se trataba, el propio cardenal lo había instruido al respecto. Todo el viaje de regreso a Berlín intentó convencer a Bruning de que el cardenal Eugenio Pacelli tenía razón: Hitler era más controlable dentro del gobierno que en la oposición.

Nogara se despidió de los dos hombres en la escalinata del Palacio Lateranense y regresó a conversar con Pacelli. Esperaba encontrarlo contrariado, pero el cardenal se hallaba exultante:

—Hemos dado un gran paso, Bernardino. Es sólo cuestión de tiempo y de aplicar una presión constante a nuestros amigos. Espero que Kaas le haya manifestado que cooperará con nosotros.

—Ludwig será clave, cardenal. Está tan convencido como usted del asunto, y me ha dicho más o menos lo mismo que usted: es sólo cuestión de tiempo.

—Los alemanes están humillados. No soportan la derrota de la guerra, las penosas condiciones económicas en que la paz los ha dejado. Haríamos mal en seguir propiciando la división. Se terminarían asesinando entre ellos.

—Ojalá Hitler lleve a Alemania a la reconciliación, cardenal.

—Primero debemos desatarle las manos. Mientras más tiempo pase vociferando en las calles y sin oportunidades de llevar a la práctica sus ideas, más será como una presa herida: profundamente peligroso.

—Su fuerza proviene de la ira, es lo único que me hace recelar de Hitler. Los obispos católicos han condenado el nuevo paganismo que predica.

—«¡La ira del hombre te alabará!», se lee en los Salmos.

9

Estaban allí, juntos, frente al Coliseo. La noche los abriga-
ba. Un sacerdote y una monja, habría dicho cualquiera al
contemplarlos, que caminan y discurren. Dos viejos amigos, podría haber agregado quien los hubiese visto de cerca, conversando.

—Ahora vas a necesitar algo más que una forense, Ignacio. Un abogado.

Unas horas antes, el padre general le había pedido verlo con urgencia para transmitirle una noticia nada halaga-
dora: en el bolsillo del traje del banquero suizo asesinado
había una carta dirigida a Gonzaga. El jefe de la Guardia
Suiza había conseguido una copia que, vía el propio papa,
llegó a las manos del superior.

Estaba redactada en los mismos términos que las anteriores notas en los asesinatos de Hope y Korth. Quien ordenó que allí la pusieran quería dejar muy claro el vínculo entre las tres muertes e implicar a Gonzaga en su trama.
Quien dejó la nota, entonces, sabía de los deseos del papa
de relevarlo de la investigación.

*Padre Ignacio Gonzaga: Ninguno puede servir a dos señores.
Aborrecerá al uno y amará al otro; estimará al uno y menosprecia-
rá al otro. No podéis servir a Dios y a las riquezas.*

La firma, inexistente, como en las otras dos notas. Salvo que ésta iba dirigida a él. En el sobre, encima de su nombre, había un cuidadoso círculo negro dibujado con tinta y dentro habían colocado un trozo de tela negro.

—Hay peritos expertos investigándola, Ignacio. Algo saldrá del análisis de la carta, descuida.

—Shoval, es un mensaje directo. Por algo me están implicando. Los análisis sólo nos confirmarán que se trata de alguien muy adentro del Vaticano, como lo hizo la bala, o por lo menos de alguien que quiere implicar al Vaticano en los asesinatos.

—¿Aún lo dudas?

—No sé qué creer.

—¿Qué te dice la intuición? ¿O es que el antiguo sabueso de Arrupe, se va a rendir tan pronto?

—La intuición me lleva a un camino intrincado, a un laberinto. Ni siquiera querría mencionártelo, pero es inevitable. Creo que se trata de la Orden Negra. Ellos están detrás de esta carnicería.

—¿Qué es la Orden Negra?, ¿quiénes la forman?

Gonzaga había demudado al pronunciar el nombre.

—Es una larga historia, una larga y siniestra historia. Se trata de un grupo infiltrado en las más altas esferas del Vaticano que se ha perpetuado desde el siglo XVII. Desde la época de Inocencio X.

—Vamos a escuchar tu teoría conspiratoria, entonces.

—Todo apunta a que se trata de ellos.

—Sigue. No interrumpo más, te escucho.

—Estamos a mitad del siglo XVII. La viuda Olimpia Maidalchini ha sido, quizá, la mujer más poderosa en la historia del papado. Era la cuñada de Inocencio X, aunque desde que Juan Bautista Pamphili subió al trono de San Pedro, no volvió a verlo. Todas las comunicaciones fueron a través del hijo mayor de Olimpia, Camillo, a quien Inocencio hizo cardenal —hasta que éste renunció a la púrpura para casarse—. Luego fue ella misma quien recomendó al cardenal Panciroli como secretario de Estado. Desde ese día se puede decir que Olimpia asistió a todas las audiencias y controló todos los resortes del Vaticano. Olimpia odiaba al cardenal Mazzarino, y cuando la reina Ana de Austria lo nombró jefe del Consejo de la Regencia, aprovechando su cercanía con Richelieu, el ruin de Sicilia dejó el servicio del papa para intrigar a su favor. La nobleza francesa protestó ante el propio Inocencio X y la Maidalchini entró al escenario con un grupo de once espías entrenados por ella misma.

—La Orden Negra.

—Exacto. Ella los reclutó personalmente: tenían que ser once sacerdotes dispuestos a la obediencia más ciega y con despiadada sangre fría.

—¿Y el odio a Mazzarino estaba justificado?

—Olimpia manejaba la Santa Alianza a su antojo desde hacía años, pero Mazzarino pudo infiltrar a sus propios espías dentro de ella.

—¿Inocencio X le dio carta blanca para atrapar a los infiltrados?

—Así es. La Orden Negra, como ves, es un antecedente del Sodalitium Pianum: un servicio de contraespionaje. Si encontraban a un agente de Mazzarino, no había piedad: lo ejecutaban de inmediato.

—¿Permanecían ocultos?

—Nadie sabía quiénes eran los once elegidos, pero dejaban una marca en cada una de sus ejecuciones: un trozo de tela negra con dos tiras rojas.

—El mismo símbolo que se ha encontrado en dos de nuestros tres asesinatos.

—No te había dicho nada acerca del mensaje en la tela porque no quería ser el primero en mencionarlo. Nadie lo hace, por temor. Ahora estoy seguro: se trata de la Orden Negra. Algunos de los asesinos con los que nos toparemos, me temo, son mercenarios a sueldo, otros fanáticos sin motivos. Obedecen órdenes. No sé qué me da más escalofríos, pensar que ha resurgido ese grupo secreto o que tú llames a los asesinatos «nuestros».

—Lo son mientras nos toque investigarlos, si es que el papa deja que finalmente regreses.

—La carta a mi nombre en el banco lo obligará a pedirme que continúe, no te preocupes. Regreso a Olimpia. Necesito compartir contigo todo este pasado. Si son ellos, la Orden Negra, estamos atestiguando el regreso de un grupo muy poderoso. Buscaban, en realidad, a un solo hombre: Alberto Mercati, un simple sacerdote que había sido destinado a la secretaría de Estado como experto en asuntos franceses. Cada documento papal sobre el tema era copiado de inmediato y enviado en secreto a Mazzarino.

—Debió de ser un complicadísimo sistema de correos.

—Todo es complicado en el Vaticano, como te habrás dado cuenta, pero Mercati era hábil y sabía que la Orden Negra estaba tras él; diseñaba pistas falsas para despistar a los terribles ejecutores de la Maidalchini. Los once habían recibido un sello pontificio grabado en plata en el que se dibujaba una mujer vestida con toga, con una cruz en una mano y una espada en la otra.

—El retrato de su protectora.

—Ni más ni menos. Mercati era inencontrable. Un topo perfecto, como se llama en la jerga del espionaje a un infiltrado de sus características.

—¿Entonces la Orden Negra se ha conservado durante todos estos siglos?

—Eso se cree, aunque nadie se atreva a hablar de ello. A pesar de que Alejandro VII cerró la Orden en 1648, para 1670 hay datos suficientes de que habían reaparecido. Otro poderoso secretario de Estado los utilizó de nuevo. Se van perdiendo poco a poco, hasta que resurgen ahora.

—Sólo por saciar mi curiosidad, Ignacio, ¿qué fue de Mercati?

—Amaneció colgado de una viga de su casa y en la boca le habían introducido la famosa tela negra y roja. Se parecen mucho las ejecuciones. Quisiera saber cuál es el siguiente paso, pero con lo que tenemos es imposible.

—Y yo quisiera saber quiénes son los once actuales miembros de la Orden Negra —le dijo la mujer al tiempo que suspiraba.

—¡Con sólo conocer uno, Shoval, caerían todos!

Sonó un móvil. Ambos miraron en el suyo, interrumpiéndose. Era el de Ignacio.

El padre general lo llamaba directamente, no necesitó la mediación de Francescoli para anunciarle que el propio Santo Padre pedía que continuase en la investigación: «Necesitamos tener conclusiones», le dijo a Gonzaga.

—Ojalá, padre general, tuviese yo más pistas. ¿Puede pedirle a Francescoli que me abran nuevamente la Riserva?

—Por supuesto, pero no encontrará nada, Gonzaga. Los documentos que investigaba Hope han sido retirados y guardados en la caja fuerte del papa, clasificados como «Secretum Sancti Officii».

—Necesito forzosamente esos documentos.

—Veré qué puedo hacer, pero no le prometo nada. El pontífice ha decidido que sean uno de los secretos de su papado.

—Sólo estuve dos horas frente a ellos y estaban cifrados.

—Eso ya me lo ha dicho. Intente por otro lado, mientras tanto.

—Eso hago, padre. Descuide.

Gonzaga se hallaba a oscuras, caminando por Roma. Lo demás aún lo desconocía, de la misma forma en que de pronto no sabía cómo dirigirse a su amiga forense, la Shoval de siempre o la asombrosa sor Edith que él mismo había inventado.

Ella lo miró, intuyendo sus pensamientos. No le había preguntado nada acerca de la llamada del padre general porque había entendido todo con las respuestas de Gonzaga.

—¿Tienes miedo, Ignacio? —se atrevió finalmente.

—No lo sé, Shoval. Hace días que no tengo mucha claridad de ideas.

El cielo, misterioso, tampoco podía consolarlo.

Francescoli lo buscó muy de madrugada. Los nudillos del cancerbero lo despertaron. De cualquier forma, dijo:

—¡Adelante! —y encendió la lamparilla de la mesa de noche.

—¿Te despierto? —le preguntó mientras Gonzaga se desperezaba un poco, acomodándose en la cama.

El hombre acercó una silla, como si no quisiera que lo oyesen. Habló en voz baja:

—Dime qué encontraste en el Archivo Secreto...

—Poco. O más bien demasiado. Pero no tuve tiempo de volver. Me dice el padre general que han guardado todo en la Riserva del papa. Ahora lo único que tengo son conjeturas.

—¿Qué decían los papeles? ¿Qué era lo que Hope se traía entre manos?

—Secretos de espionaje. Del más alto nivel: correspondencias con el papa cifradas en código verde. Apenas pude copiar algunas a una libreta.

—¿Y has podido descifrarlas?

—No, en eso estoy. O debería estar si no fuera por una persecución, otra muerte, el regreso a Roma. —No podía decirle que Shoval había mandado a Israel la copia de sus notas, era demasiado arriesgado.

—¿Algún sospechoso, además del padre Di Luca?

—Di Luca no es sospechoso. Pedí que lo resguardaras para protegerlo. Por cierto, ¿ya lo han sacado de aquí?

—Imposible. A pesar de tus advertencias, se niega. Dice que si se lo ordenamos no saldrá de su cuarto, y que no piensa salir de esta casa hasta su muerte.

—Dejémoslo estar, entonces. ¿Hay manera de protegerlo?

—Le he pedido a dos estudiantes de teologado de la Gregoriana que lo cuiden. Hablan con él, lo entretienen. Se turnan. El problema es por las noches.

—¿Quién duerme en el cuarto de al lado?

—Un sacerdote irlandés, Anthony Shannon.

—¿Cómo es su relación con Di Luca?

—No creo que hayan trabado amistad. Shannon tiene apenas dos meses aquí. Vino a dar clases un año y regresa a Dublín.

—Ordena mañana, entonces, que me cambien junto a Enzo. Dale mi cuarto a Shannon, ¿de acuerdo?

—Por supuesto. No sabes cómo deseo que las cosas vuelvan a la normalidad. Detesto esta zozobra.

—No está mal un poco de acción para el viejo Francescoli —bromeó Gonzaga—, algo que sacuda su cuerpo, demasiado acostumbrado al reposo. ¿Nunca has sentido ganas de colgar los hábitos?

—No entiendo a qué viene tu pregunta, Ignacio. Puedo

responderte con claridad que no. Nací jesuita y moriré así. Mi padre vivió frustrado toda su vida por no haberse ordenado. Era... ¿Cómo te diré...? Un seglar roto. Crecí entre miembros de la orden. Comían en casa, nos acompañaban en vacaciones. Estudié con ellos.

—Pero recuerdo que tenías otros dos hermanos. Ninguno es sacerdote. ¿Cómo puede nacer jesuita uno solo de los hijos de un jesuita frustrado?

—No es exactamente así. Digamos que a mí nunca me preocupó el mundo exterior.

—¿Y este mundo qué es? —Gonzaga seguía hablando, sólo por no dejar.

—El único que me importa. Y desearía que volviera a la normalidad. Pero no interrumpí tu sueño para hablar de mi familia, sino para prevenirte.

—¿De qué?

—De tu amiga, la monja. Ayer escuché al padre general que solicitaba información sobre ella a Israel. ¿Dónde la conociste?

—¿Eso a ti qué te importa?

—¿No será otro el que desea colgar los hábitos, Ignacio?

—Sor Edith merece mi respeto, antes que nada —no tenía idea de si Francescoli había sido enterado de la verdadera identidad de Shoval, por eso siguió el juego.

—Perdona. Sólo quería decírtelo. Cuando el padre general se preocupa por alguien quiere decir que algo hay detrás. Nunca yerra.

—Yo sé quién es sor Edith y eso me basta. ¿Qué hiciste con el Fiat? —probó a cambiar la conversación.

—Nos encargamos de que desapareciese convenientemente. En Roma no somos tan eficaces como dentro del Vaticano. Convivir con la policía italiana no es fácil.

—¿Lograste investigar las placas que te di del Lancia?

—Sí. Robado, en Sicilia. Hace dos meses. Buenas noches.

Lo dejó con un pésimo sabor de boca. Tomó agua, pero no cambió en lo mínimo la sensación de sentirse observado. ¿Qué hacía el padre general investigando a Shoval? Bien haría en ocuparse de las muertes dentro de su orden, pensó.

Algo en la suprema austeridad de la habitación y de su vida, sin embargo, lo consolaba. Había elegido esa forma de vida. Había hecho un voto especial por la pobreza, en el que creía firmemente. Sus cuentas bancarias eran un resguardo y, además, había utilizado mucho de ese dinero para ayudar a otros, especialmente en los últimos años, como si de pronto le bastara con esa cama, uno o dos libros, tres cambios de ropa. Era como si de esa manera estar en la vida tuviese un carácter siempre provisional, efímero. Quienes mucho poseen, un día son devorados por sus propios bienes, decía siempre. Y ahora él se encontraba allí, en una habitación desconocida con apenas nada que le pudiera hacer sentir que era suya. El dinero siempre había sido para él un estorbo. Su pobreza, puramente teatral, como la de esa habitación, le permitía un respiro.

Pensó en Shoval. La recordó con el vestido negro sin mangas con el que viajó a Basilea. La veía con una sonrisa en su rostro.

Una frase de las Escrituras lo trajo de regreso: «La concupiscencia, después que ha concebido, da a luz el pecado; y el pecado, siendo consumado, da a luz la muerte.»

Apenas pudo dormir.

El amigo criptólogo de Shoval había enviado algunos resultados de su esfuerzo por desentrañar el código verde y ella necesitaba compartir con él la noticia. Así más o menos decía el mensaje en el teléfono móvil que Gonzaga había dejado apagado la noche anterior.

Quedó en verse con ella a desayunar: volvía, contundente, mientras se duchaba, la imagen de su amiga. Debía olvidarse o dejar de luchar contra ella. Mientras durara la investigación no podía buscar otra salida: mejor olvidarla.

En el hotel Villa Spalletti Trivelli, ella lo esperaba leyendo *L'Osservatore Romano*.

—No es una prensa muy libre, la tuya —bromeó con Gonzaga.

—Si buscabas independencia, escogiste mal.

—No, al contrario, quería terminar de entender qué tiene que ver lo que Ari encontró en esos textos con la actualidad que vivimos. Una pista, al menos.

—Déjame tomar un café, dormí fatal. Luego me cuentas lo que pudieron descifrar, ¿te parece?

La saludó como si fuese una tía lejana y se sentó frente a ella. Shoval dobló el periódico.

—¿Sor Edith? —bromeó él después de la primera taza. Un camarero les sirvió más café.

—Probablemente en su habitación —contestó ella—; se está cansando de Roma, necesita urgentemente volver a Ramala, al orfanato.

—¿Y Shoval Revach, el torbellino? Me asombra que hayas podido dejar durante tantos días la oficina.

—Digamos que es fácil: me he traído la oficina conmigo —señaló la computadora portátil.

—Ahora sí, al grano. Cuéntame los descubrimientos de tu amigo Ari.

—Efectivamente, es el código verde lo que cifra los documentos. Se trata de informes privados dirigidos al papa Pío XI y enviados por espías de la Santa Alianza poco antes de empezar la segunda guerra mundial.

—¿Y sobre quién informan? Los espías son siempre chismosos, ésa es su función, seguir a alguien, desenmascararlo, contar sus secretos.

—Creo que simplificas un poco el papel de los espías. Los fragmentos que copiaste son de tres informes distintos. Uno es un detallado reporte hecho por dos sacerdotes alemanes sobre las actividades dentro de un hospital en 1937.

—¿En qué lugar?

—El Rasse-Heirat Institut, en el castillo de Hartheim, muy cerca de Linz. Es un informe que trata casi exclusivamente sobre las prácticas sexuales que ocurrían en el lugar.

—Por allí debemos empezar.

—Espera. El segundo es un informe clasificado como muy secreto sobre las gestiones del cardenal Eugenio Pacelli para firmar un concordato con Hitler.

—Eso es algo perfectamente sabido. Lo curioso es que su propio protector, Achille Ratti, lo haya mandado espiar.

—No sé. Es el que tú describiste como el más corto.

—¿Y el tercer informe?

—No es un informe. Es una carta personal, redactada por un cardenal, Eugène Tisserant.

—Pero, ¿está cifrada?

—Seguramente el tal Tisserant pertenecía también a la Santa Alianza o a tu dichoso Sodalitium Pianum, más bien, porque está escrita en código verde.

—¿Se sabe algo por lo que pude copiar?

—Muy poco. Lograste transcribir los datos del remitente, el saludo ritual. Y una sola frase de advertencia que fue la que me llamó la atención. Mira:

Shoval volteó el ordenador donde había traducido los informes de Ari Goloboff:

—«¡Quieren matarlo, Santo Padre!» —leyó en voz alta—. Hubiese sido mejor decírselo en persona, ¿no crees?

—Es probable que Tisserant no tuviese acceso directo a Pío XI en ese momento o que no se lo hubiesen permitido. El papa puede ser la fortaleza más inexpugnable del planeta, Shoval.

—Tenemos suficiente para empezar a investigar. ¿Alguna sugerencia?

—Dividirnos. Yo me voy a Alemania e intento sacar todo lo que pueda sobre el Rasse-Heirat Institut y tú le sigues la pista a Tisserant.

—¿Necesitas ir a Alemania? Ni siquiera debe de existir el lugar.

—O puede que haya un archivo, no sabemos. Además, así me escapo unos días de Roma y de la necesidad de vestirme de sor Edith.

—Está bien, me resigno a perderte.

—Tengo otra noticia, ¿quieres saberla?

—No estoy tan seguro de querer tener más noticias... Nada nuevo puede venir de las novedades.

—Creo que nos están vigilando, seguramente son tus amigos del Lancia que vienen otra vez tras tus huesos.

Señaló con el dedo afuera del hotel. Sorprendido, Gonzaga pudo ver por la vidriera a dos hombres muy parecidos a quienes lo habían perseguido, sentados en el café de enfrente.

—¿Qué se hace en estos casos? —le preguntó.

—No sé, salúdalos —dijo Shoval.

Gonzaga no pensó e hizo lo que su amiga sugería en broma. Agitó la mano mientras sonreía. Uno de los tipos volteó para comprobar si era a ellos o a alguien más que Gonzaga interpelaba. El otro, molesto, pagó la cuenta.

—¿Se fueron?

—No lo creo. Esto al menos los volverá más precavidos.

—¿Eran ellos?

—Creo que sí, pero cómo saberlo. No creo que fueran dos honestos funcionarios que esperan la hora de apertura de sus oficinas.

—¿Y ahora qué vas a hacer?

—Conseguir una pistola. La otra tuve que tirarla en el aeropuerto. Espero que esta vez Francescoli me dé un arma de verdad.

—¿Te gustan las armas?

—Mi padre me enseñó no sólo a usarlas, sino a venerarlas. Podía darte una larga cátedra sobre la diferencia de tamaño entre la recámara de una Beretta o una Luger. Todavía guardo esa vieja arma, su Luger, en la guantera de mi camioneta en Jordania. Es un alivio saberla allí, aunque no la use.

—No voy a creerte ahora que no has usado esa o cualquier otra pistola. No estarías tan obsesionado ahora por un arma.

—Te puedo asegurar que no hay nada de qué vanagloriarte cuando tienes que disparar. He matado y he herido, siempre en defensa propia, y aún hoy me culpo de ello. Aun ahora, cuando sé que me persiguen.

—Pide que vengan a buscarte, entonces. No regreses solo.

—¿Irás entonces al Rasse-Heirat Institut? ¿Cuándo piensas salir a Alemania, hoy mismo?

—Por la tarde. Hay un vuelo a las seis y media.

—Tengo que darte algún dinero, entonces.

—Mejor paga el hotel y ya está. Tienes muy buen gusto. Este lugar es espléndido.

Gonzaga no contestó.

Fue el propio Francescoli en persona quien lo recogió en el hotel a las once de la mañana. Estaba más aterrado que Gonzaga.

—Me acompaña un joven sacerdote, vámonos ya.

—Deberías dejar que estudien y no utilizarlos como conductores y guardaespaldas.

—No estoy para tus bromas, Ignacio. No podía manejar, ¿no ves cómo tiemblo? Te lo dije anoche, no estoy para estas cosas. Lo único que deseo es un poco de tranquilidad. Le avisé al padre general sobre tus perseguidores.

—Tengo que hablar con Di Luca, Francescoli. Y necesito una buena biblioteca y una conexión a Internet. ¡Ah!, y otra pistola.

—Se hará como dices. Esta vez, procura no perderla. Puedes usar la biblioteca de la Gregoriana. Y la conexión a Internet es curioso que no la hayas pedido antes. Aquí tenemos conexión inalámbrica. Te doy la contraseña.

Era llamativo cómo se transformaba Francescoli, pensó, del temeroso acompañante al eficiente secretario. Cuando estaba en su territorio, allí donde era amo y señor, donde podía controlarlo todo, entonces la seguridad plena lo hacía parecer arrogante. Apenas un paso afuera, en el vasto territorio de lo desconocido, todo su aplomo se derruía.

Iban de regreso a Borgo Sancto Spirito.

Enzo di Luca parecía trastornado cuando Gonzaga solicitó verlo:

—No escuchas los consejos de un amigo, Ignacio.

—No sé a qué te refieres.

—El pasado no puede cambiarse. Es mejor dejarlo en su lugar, para siempre quieto, por siempre silencioso.

—Vengo a hablarte del pasado, precisamente.

—No sé si quiero responderte.

—Cuando regresé de Basilea te lo dije con claridad: tú eres el siguiente. Temo por ti. Así que más vale que cooperes.

—¿Que coopere? ¿Qué soy ahora?, ¿tu principal sospechoso?

—Por supuesto que no. Quiero que entiendas una cosa, Enzo. Quien está detrás de lo que ha ocurrido no va a parar hasta que no quede huella alguna del pasado, y tú eres un eslabón perdido.

—Te lo dije también: me harían un favor si me quitaran de en medio. No tengo miedo a la muerte, eso me hace más fuerte.

—Mientras eso sucede podrías intentar ayudarme. ¿No sientes ya ningún apego, ningún cariño por nadie?

—Soy jesuita, no carmelita descalza.

—Está bien, Enzo. Sólo respóndeme una cosa, ¿quién fue Eugène Tisserant?

La sola mención del nombre había cambiado por completo el semblante del padre Di Luca. Se recompuso en la silla y sacó un pañuelo que alguna vez fuera blanco, con el que se secó el sudor de la frente.

—Detesto el calor de abril, ¿puedes abrir la ventana o un francotirador puede alcanzar así su blanco?

Gonzaga se levantó e hizo lo que el hombre le pedía. Luego volvió a la carga:

—Tisserant...

—Un cardenal.

—¿Llegaste a conocerlo?

—¿No dices que soy el eslabón perdido? Claro que lo

conocí. Era francés. Un buen hombre, algo obsesionado con el comunismo al que detestaba, pero fundamentalmente bueno.

—¿Lo trataste? ¿Fuiste cercano a él?

—Digamos que yo y otros dos jesuitas ya muertos lo ayudamos en la preparación de algunos documentos.

—No tengo tiempo para tus respuestas casi telegráficas. Necesito datos.

—Eugène Tisserant nació en Nancy a finales del siglo XIX. Sus padres fueron Hipólito y Octavia. Estudió teología, hebreo y patrística en su ciudad natal y luego se fue a Jerusalén...

Enzo di Luca podía en verdad desesperarlo. Gonzaga lo cortó:

—No quiero su biografía. Ésa yo mismo puedo consultarla en una enciclopedia.

—Primero te quejas de mi laconismo y luego me reprendes por ser prolijo. En Jerusalén aprendió arameo y se interesó en la patrística oriental. Era un erudito. Luego trabajó como archivista en la Biblioteca Vaticana, donde conoció a Achille Ratti, su amigo.

—Vamos mejor. ¿Era amigo de Pío XI?

—Dos ratas de biblioteca. Tal para cual. Pero sólo en apariencia. Tisserant sirvió como espía del ejército francés en la primera guerra mundial.

—¿Y eso se sabía?

—Por supuesto que no. Escaló como la espuma en el papado de Pío XI: cardenal diácono, cardenal sacerdote y cardenal obispo en un tiempo récord.

—¿Y siguió siendo bibliotecario?

—No. Tuvo muchos cargos. Fue secretario de la Congregación para las Iglesias de Oriente, presidente de la Pontificia Bíblica y, finalmente, lo que siempre deseó: jefe

Otra vez el Evangelio de Marcos, como en el caso del padre Jonathan Hope. Leyó un poco más arriba, aunque esa parte del texto no estaba subrayada:

Y si Satanás se levanta contra sí mismo, y se divide, no puede permanecer, sino que su fin ha llegado.

Entendía mejor lo que el asesino quería demostrar: un error fatal en la Iglesia, la imposibilidad del perdón; la división del poder de Satán dentro del Vaticano; el anuncio, con esas muertes, de un final. Tendría que leer, juntos, los cuatro mensajes para poder adelantarse a otra muerte.

Shoval terminó de revisar al hombre y de tomar muestras. Abrió la boca, contraída por el *rigor mortis*: allí adentro estaba el pedazo de tela negra con las dos cintas rojas cruzadas. Lo tomó con pinzas y lo introdujo en una bolsa. Iba colocando en su pequeña maleta de pruebas todo lo que colectaba, como un arqueólogo que se enfrenta con algo muy viejo; la diferencia es que el cuerpo de Bianchi aún estaba caliente.

Había una jeringa recién usada y Shoval comprobó la marca en el brazo e hizo dos fotografías de la punción. Luego registró con su cámara la escena completa. Sabedora de que una autopsia sería imposible tomó tres muestras de la sangre del archivista que etiquetó y guardó en una pequeña hielera. No parecía que sor Edith estuviera lejos de su país; mostraba la frialdad y la profesionalidad de quien ha estado haciendo eso por muchos años. El secretario de Estado lo notó y le comentó a Gonzaga:

—No parece una monja que atiende la enfermería de un orfanato; más parece una forense profesional.

Shoval lo oyó:

—Lo fui un tiempo, eminencia. Es sólo que ahora prefiero servir a Dios alentando la vida y no contemplando la muerte.

—Digamos, madre, que si logra conducirnos hasta el asesino, le estará haciendo un gran favor a Dios.

—¿Cómo está tan seguro de que es un asesinato?

—¿Cree usted que un hombre en sus cabales moriría así, ahogado por su propio vómito, herido del brazo?

—Estoy acostumbrada a no creer, cardenal.

—Ya veo.

—Pero no se preocupe, puedo alimentar sus creencias desde ahora: es un asesinato. Ya lo comprobaré más tarde con los resultados de laboratorio.

Gonzaga parecía ausente, mirando por la ventana. De pronto pareció salir de su ensimismamiento y preguntó:

—¿Sabemos de algún enemigo del padre Bianchi, cardenal?

—Quien guarda por mucho tiempo los secretos es un enemigo natural, ¿no le parece? Bianchi sustituyó al padre Tisserant en el puesto; llevaba en él más de veinte años. Será difícil rastrear a sus potenciales detractores.

Gonzaga cambió de actitud tan pronto el cardenal Grothoff, secretario de Estado del Vaticano, pronunció el nombre de Tisserant; quiso seguirle el juego y preguntó:

—¿Hay algo que hayan sabido ambos hombres y sólo ellos? ¿Un secreto especial guardado en esas bóvedas?

—No tenemos idea, padre Gonzaga. Ése es su papel aquí: juntar los cabos sueltos de estas historias, contarnos un cuento que tenga sentido.

—Temo que no podré hacerlo si no se me permite investigar dentro de los expedientes que consultaba el padre Hope y que han sido reservados por el propio pontífice. Allí está la clave de la que hasta ahora carecemos.

—Haré lo que pueda, Gonzaga, pero le advierto que hurgar en esos papeles ya nos ha causado mucho dolor.

—Sé cuidarme, cardenal. Y mi vida peligra desde hace varios días.

Ante la pregunta expresa del secretario de Estado, Gonzaga relató la persecución del Lancia Delta azul y cómo esos hombres estuvieron espiándolo esos días en Roma y en el Vaticano.

—Le pediré al jefe de la Guardia Suiza que converse con usted al respecto. Tiene amigos en la policía italiana y puede hacer que busquen a esos tipos. Si tan sólo es usted tan amable de proporcionarle al capitán los datos.

—Tengo incluso las placas del auto.

Grothoff parecía exhausto. Preguntó a sor Edith si había terminado de tomar muestras y los acompañó a la puerta. Mientras Gonzaga hablaba con el jefe de la Guardia Suiza y Shoval hacía anotaciones en su libreta, el cardenal dio órdenes a su secretario para enterrar al padre Bianchi.

—Lo vestiremos con su viejo traje de mandarín —oyó Gonzaga—, aquel que tanto apreciaba y que le regalaron en sus épocas de misionero en China.

Grothoff pasaba por alto con rapidez las condiciones de la muerte; ahora todo volvía a ser cuestión de apariencias.

—La nuestra es la religión de las apariencias —le dijo a Shoval.

Caminaban por la plaza de San Pedro. Gonzaga no podía dejar de pensar en la belleza del lugar, por el que había pasado tantas veces. Las hermosas columnas de Bernini, altas al sol de la tarde, que se ponía rojísimo tras la colina. Shoval vestida de sor Edith con su hermoso hábito blanco y su maletín médico. Un lugar no es sólo el presente que lo habita, sino el pasado como laberinto, la superposición de todos los tiempos. La plaza de San Pedro es el enorme espejo donde se contempla el rostro del Vaticano.

—¿Dónde harán los análisis?

—El padre Grothoff me recomendó el hospital Bambino Gesù.

—Es un hospital pediátrico, es absurdo.

—Dijo que allí tenían un laboratorio de análisis clínicos excepcional, que hablaría con su director.

—Los haremos en el Hospital Gemelli, conozco a uno de sus mejores médicos. Lo siento, no puedo confiar en el secretario de Estado. Pueden alterar los resultados.

—Como digas, pero vayamos pronto.

—Tomemos un taxi, entonces —dijo e hizo la parada.

Gonzaga dio la dirección. Estar allí con el conductor que podía oírlos los enmudeció por un momento, pero después Shoval empezó a hablarle en alemán:

—Le inyectaron heroína. Es casi seguro. Me puedo adelantar a lo que veremos en la sangre: al menos, una jeringa entera. Lo hicieron tan rápido que vino la crisis, por eso vomitó.

—¿Cómo lo detuvieron, no hay signos de lucha ni de forcejeo?

—Una pistola, seguramente. El hombre no sabía lo que le estaban poniendo en el brazo; pudieron decirle que se trataba de un tranquilizante, que deseaban llevárselo sin que opusiera resistencia, yo qué sé.

—¿Es normal el vómito?

—Es normal cuando la heroína se administra en períodos posprandiales, es decir, después de ingerir alimento. Los reflejos están disminuidos y el árbol bronquial acaba aspirando los residuos sólidos. El hombre no murió por la heroína, aunque hubiese podido ocurrir así, sino por asfixia.

—¿Me vas a decir que se atragantó con un pedazo de lechuga? Ya vimos que no la digirió muy bien.

—O de queso, es lo de menos. Si hubiésemos hecho la autopsia, nos hubiésemos encontrado uno o varios pedazos de comida en medio de la garganta.

—De allí el color.

—Exacto. Si quieres tener alguna tranquilidad, puedo decirte que el hombre estaba tan drogado que no sintió absolutamente nada. Murió en éxtasis, como los místicos.

—A veces tus bromas son absolutamente judías.

—Se nos da el humor negro.

—¿Encontraste la nota?

—No había esta vez, se limitaron a subrayar su Biblia con una frase del Evangelio de Marcos que continúa la pregunta que dejaron abierta con la nota de Hope, ¿recuerdas?

—Sí, claro. ¿Cómo expulsar a Satanás con el propio Satanás?

—Mediante la división. Dice ahora que las cosas están por llegar a su fin, pues el reino de Satán se ha dividido.

—¿Sabemos a qué se refiere?

—Son especulaciones. Creo que al mismo Vaticano. Nos está dando pistas para encontrar el agujero en la propia red que lo contiene.

Grothoff se comunicó con Gonzaga por la noche, extrañado de que sor Edith no hubiese llevado las muestras al Bambino Gesù.

—Nos quedaba muy lejos. No se preocupe, cardenal. Mañana por la mañana le tendremos un informe completo.

—Recuerde que no es a mí, sino al Santo Padre a quien sirven. ¡Ándese con cuidado!

Colgó. La advertencia molestó a Gonzaga. O el tono.

Salía del refectorio, casi a oscuras, cuando la voz de Enzo di Luca lo sorprendió:

—Me dicen que tenemos otro muerto.

—Me has dado un susto del demonio, Enzo. No te oí detrás.

—Es tu negra conciencia, Gonzaga. ¿No oyes arrastrarse los pies de un anciano? ¿Adónde te diriges?

—No me dirijo. De hecho, vago sin rumbo fijo —bromeó. Siempre odiaba las preguntas directas.

—¿Puedo acompañarte?

—Está bien. Salgamos al jardín.

Las sombras de los árboles eran más que un paisaje interior: Gonzaga sintió que lo protegían. El padre Di Luca le preguntó sobre las condiciones de la muerte de Hugo Bianchi. Gonzaga refirió lo que sabía, sin ocultar nada.

—¡La Orden Negra!

—¿Será sólo la muerte lo que ilumina tu rostro y te hace recordar, Enzo?

—No sé a qué te refieres.

—Tú sabes algo más y me lo vas a contar ahora. No tengo tiempo para tus lecciones de escolástica. Bianchi sustituyó a Tisserant en el Archivo. Evidentemente, los dos sabían algo que, no sé por qué, intuyo que tú también compartes.

—Estaría muerto, entonces. Hubiese sido el siguiente, como vaticinabas. Pero ya ves, te equivocaste.

—¿Y quién es el siguiente, entonces?

—Yo qué sé. Detesto cuando intentas implicarme. Aborrezco la violencia, lo sabes.

—Son once, Enzo. Once miembros secretos. No nos iremos de aquí hasta que me digas quiénes son los otros diez.

Ignacio Gonzaga, sin pensarlo, había sacado su pistola.

—¿Has enloquecido, Ignacio? ¿Sabes lo que diría el padre general si viera esto?

—No creo que le importe mucho cuando sepa que tú estás detrás de las muertes y que estás jugando con todos nosotros. ¿Sabes una cosa? Estoy harto. No me importaría matarte aquí mismo si no me dices lo que quiero saber.

—¡Eres un necio! Ya te he dicho que no temo morir. De hecho, sería una bendición que una mano menos cobarde que la mía me ayudara a bien morir. Así que dispara de una buena vez.

—No hasta que me digas por qué lo están haciendo y me lleves con los demás.

—Ignoro quiénes son ahora los once miembros de la Orden Negra. Y yo mismo me excluyo: aún te faltan once, no diez. Has equivocado del todo tu investigación. No tienes nada que pueda culparme.

Gonzaga sudaba. Había actuado movido por un impulso ciego. Guardó el arma.

—Me has dado un susto del demonio, Gonzaga. Eres un imbécil.

—Dime, Enzo, lo que sabes.

—Eres un investigador perezoso, además —bromeó el anciano—, que no puede él mismo atar los cabos de su pesquisa y cree que amenazando a un viejo va a conseguir resolver el misterio.

—Dime dónde debo buscar, entonces.

—No creo que la respuesta se halle en esta casa. Enfrente, en el Palacio Apostólico, es más seguro que encuentres al culpable. O a los once, si tienes suerte.

El viejo sacerdote soltó una carcajada y se alejó cojeando. Dijo una última frase:

—Tal vez no se trate de ellos, sino de los ángeles rebeldes.

El hombre tenía razón. Era en otro lugar donde debía buscar, dándose prisa. ¿Desde hacía cuánto lo que ocurriese en los pasillos del Vaticano había dejado de importarle?

Quizá desde siempre. Su fidelidad al viejo Arrupe, en los últimos días, cuando le habían removido del puesto de General, tenía que ver más con su fe ciega en la verdad. Esa fe que lo tenía ahora, como tantas otras veces con su antiguo maestro, escarbando en los secretos de otros hombres. Él, que detestaba la mentira, el secreto, la delación.

Tenía una herencia más importante que la económica de sus padres, la de la fidelidad a esa verdad. La verdad no nos hará libres —decía a menudo—, pero la justicia sí.

Ésa era su rebeldía.

Fue Shoval quien lo despertó. Había recogido muy temprano los resultados de los análisis:

—Como te lo dije. El padre Bianchi tenía adentro suficiente heroína para matar a todo un convento.

—Tengo que verte. Hice una tontería anoche. ¿Estás en el hotel?

—Sí. Sor Edith te espera en el comedor.

—Estoy allí en media hora.

Se duchó y vistió tan rápido como pudo. Iba a salir de la casa cuando Pietro Francescoli lo interrumpió:

—El padre general está muy molesto contigo, Ignacio.

—Ya, ya. Lo sé. Enzo se quejó amargamente de mis interrogatorios, alega inocencia y dice que yo no he sabido buscar en el lugar correcto.

—No sé de qué hablas. El secretario de Estado se comunicó con él para explicarle que te negaste a usar el hospital que él te recomendó para los análisis clínicos que tu monja tomó en la habitación del padre Bianchi.

—Respira hondo, Pietro. Toma aire.

—Eres patético —contestó Francescoli, pero le hizo caso.

—Mejor así. Ya tendré tiempo de explicarle al padre general. Por ahora dile que salgo precisamente a recoger los resultados y que le hablaré por teléfono tan pronto sepa algo.

—No tan de prisa: aquí están las llaves de tu nuevo coche. Puedes recogerlo en el mismo lugar donde estacionabas el anterior. ¡Suerte!

En el reino invisible de la eficiencia, Francescoli seguía siendo el mejor.

Shoval lo esperaba llena de notas, con el computador portátil a un lado. Dijo que le diera un minuto, que estaba contestando un correo electrónico. Lo comentó tan bajo como si Gonzaga la interrumpiera en una conversación telefónica: pero del otro lado del espacio cibernético no había una voz, sino la bandeja de entrada de quien fuera que recibía sus mensajes.

Gonzaga se preguntó por la verdadera naturaleza de su amiga. ¿Quién era Shoval Revach, o mejor, qué ocultaba? No tuvo tiempo de responderse, ella apagó y cerró la computadora. Luego le dijo:

—Veo que ya te han servido café. ¡Qué bueno, porque te necesito despierto! Tengo ejemplos de cabello y muestras de ADN. ¿Qué hicieron con tu Fiat?

—¿Para qué lo necesitas?

—Tal vez los hombres te siguieron hasta él y hay allí algo que me permita relacionarlos.

—Pierdes el tiempo, Shoval: están relacionados. Y aunque encontrases algo, no podremos identificarlos. Y es eso lo que necesitamos. Saber de quiénes se trata.

—Estoy de acuerdo. Es el primer error: dejaron suficientes huellas.

—Tal vez las hubo desde Hope, pero habían limpiado el lugar, ¿recuerdas?

—O tal vez se trata de otro asesino que sabe algunas cosas del método con el que el primero mató y buscó encubrirse. Hay que descartarlo todo.

—Me parece un poco rebuscado a estas alturas, con lo poco que sabemos, pretender que estamos ante dos asesinos distintos. O dos grupos de asesinos, si es que se trata de la Orden Negra.

—¿Dudas?

—Enzo me dijo riéndose que podría tratarse de los ángeles rebeldes.

—¿Y eso?

—Una broma, a todas luces. Ellos o cualquiera. Quiso decir que estamos tan a ciegas como al principio. Tal vez quienes están detrás nos quieren hacer creer que es la Orden Negra. Quizá ni siquiera existe tal cosa en la actualidad.

—Creo que logró confundirte, ¿qué pasó con Di Luca? ¿Qué me querías contar de anoche?

Gonzaga le refirió lo acontecido en el jardín de Borgo Sancto Spirito. Shoval lo reprendió:

—¿Cómo se te ocurrió amenazar a Di Luca? ¿Cómo puedes estar tan seguro de que se trata de él?

—¡Claro que no estoy seguro! Sólo quería orillarlo a contarme lo que sabe.

—Pues lo único que lograste fue ponerlo totalmente en tu contra.

—En eso estoy de acuerdo. Fue un impulso. Quizá me excedí. Pero nadie me quita la idea de que Enzo sabe mucho más de lo que dice.

—Ha pasado de ser tu protegido a tu blanco, Ignacio. Debes calmarte.

—No puedo. Mientras yo me calmo, el que perpetró todo esto está maquinando quién será su próxima víctima.

—Tal vez lo sabe desde antes de haber asesinado al primero.

—¿Por qué los humanos nos rendimos tan fácilmente al mal, Shoval?

—«La nada de Dios se rompió ante su No en la divina libertad, siempre nueva, del acto.» La libertad del hombre es siempre finita, Ignacio, a diferencia de la de Dios, que es verdadera libertad.

—Shoval Revach, la sobrina del rabino. ¿De dónde sacas todo esto?

—*La estrella de la redención*. Harías bien en leer algunas cosas de filosofía judía de vez en cuando, en lugar de limitarte a tus Padres de la Iglesia, siempre tan retorcidos.

—Nunca sabré quién eres.

—Porque soy muchas mujeres, Ignacio. Es una lástima que seas jesuita. Eso te reduce a ser un hombre único, qué aburrido.

Reía, pero Gonzaga no podía seguirle la broma; su angustia lo anclaba al tiempo único de la repetición.

—Si tan sólo pudiera volver a hablar con Enzo sin alterarme. Él tiene la conexión que nos falta entre las cosas.

—Tú también la tienes. Creo que se trata de Eugène Tisserant.

Ignacio Gonzaga asintió no sólo con la cabeza: todo su cuerpo sabía que Shoval Revach había sugerido el paso siguiente a revelar. ¿Habría llegado alguna vez a manos de Ratti la carta que el cardenal Tisserant escribió para alertarlo de los planes para asesinarlo? El silencio de Tisserant, de cualquier forma, fue luego recompensado por Pacelli con el puesto que más anhelaba, guardián de los más oscuros secretos del Vaticano en su Archivio y Riserva.

Se acordó de la infinita bondad del rostro del padre Bianchi, ahora muerto, cuando consultaba allí los expedientes que también arrebataron la vida a Hope.

Le pidió a Shoval que se alistara para salir. Tenían una cita con el cardenal Grothoff.

—Déjeme decirle, padre Gonzaga, que su amigo Enzo di Luca tiene un protector muy poderoso y que él está muy molesto con usted —le dijo tan pronto los recibió en su lujoso despacho, sin esperar siquiera a que él o sor Edith tomaran asiento—. Ahora, si me permiten, debo firmar estas solicitudes de beatificación y turnarlas a sus postuladores. Son expedientes que nos han ocupado muchos meses. Hoy es más difícil que nunca comprobar el camino de santidad de un hombre. La sospecha es el sino de los tiempos que corren.

—Pero es fácil reconocer virtudes en alto grado cuando la retórica pontificia lo pide...

—Haré como que no oí su último comentario, padre Gonzaga. Una canonización no es sólo un acto jurídico, es sobre todo un acto de fe. Un acto de la más alta espiritualidad.

—¿Y quienes son los elegidos para entrar ahora en santidad, cardenal?

—Un sacerdote mexicano muerto el siglo pasado, una monja polaca cuyo expediente se nos traspapeló en el anterior pontificado y, por deseo expreso del Santo Padre, el papa Pío XII.

Shoval no pudo reprimir el gesto de enojo.

—¿No está de acuerdo, sor Edith?

—No le corresponde a esta humilde servidora emitir ningún comentario al respecto. ¿Quién soy yo para juzgar así a un pontífice?

—¿No será que tantos años en Israel la hacen actuar ya como judía?

Gonzaga cortó por lo sano:

—Tenemos ya resultados de nuestra particular autopsia del padre Bianchi, si así quiere llamarla.

—¿Y qué sabemos ahora?

Shoval tomó la palabra:

—Que le inyectaron suficiente heroína para matarlo a él y a otros diez hombres. Sólo puedo decirle que no se dio cuenta de nada.

—El Santo Padre se entristecerá mucho. Tenía a Bianchi en alta estima. ¡Morir así! Lo consultaba a menudo sobre temas históricos. Fue él, precisamente, quien ayudó a esclarecer el papel del papa Pío XII en el Holocausto. ¿O cómo lo llaman en Israel?

—La *Shoah*, padre.

—Él redactó el informe que ahora le enviamos al postulador. Yo diría que más bien exoneró al papa Pacelli. Comprobamos que no sólo no guardó silencio, como se dice, ante la muerte de millones de judíos. Se arriesgó él mismo al protegerlos en Castelgandolfo de la persecución y la muerte. Y recuerde que nosotros estábamos dentro de un país fascista.

Algo ocultaba Grothoff, o al menos sabía más de lo que estaba dispuesto a compartir, pensó Gonzaga.

—Perdone que lo interrumpa, cardenal, pero no hay mucho tiempo. ¿Me han dado permiso para consultar las cajas con los expedientes de Hope?

—Aún no, padre, pero no se preocupe: estoy seguro de que cuando le anuncie las causas de la muerte de Bianchi, el Santo Padre accederá. Él, más que nadie, desea que todo esto termine.

—Recuérdele, entonces, que estamos tras la pista de un asesino vivo.

—Así lo haré, Gonzaga. Sólo le recuerdo que el papa sabe por qué hace las cosas.

Era uno de los argumentos más socorridos del Vaticano, la infalibilidad papal; probablemente el dogma más pernicioso de la historia moderna de la Iglesia, producto del miedo y de la ruina económica. El Concilio Vaticano I había sido un sínodo de endebles, con un Pío Nono absurdamente empobrecido en todos los sentidos, se dijo Gonzaga.

—Ni siquiera el supremo pontífice habla ex cáthedra todo el tiempo. También dice cosas sin sentido, come, va al baño...

—Le aseguro que cuando decide si alguien puede o no consultar el Archivio Segreto habla ex cáthedra.

El secretario de Estado zanjaba así toda discusión. Sor Edith le entregó los resultados, con el membrete del Hospital Gemelli, lo que le dio oportunidad de reprenderlos de nuevo:

—¿Por qué causa no fueron a la clínica que les indiqué?

Gonzaga interrumpió con rapidez:

—No teníamos tiempo. Buscamos el lugar más cercano.

El férreo cardenal Grothoff hizo una mueca de fastidio y les pidió con un gesto de la mano que se retirasen de su vista. Un gesto muy vaticano, según le explicó Gonzaga a sor Edith después, cuando bajaban las enormes escaleras del antiguo Palacio Lateranense, hoy Palacio Apostólico.

Sor Edith —o más bien, Shoval Revach— estaba extasiada ante los enormes cuadros. Podía reconocer fácilmente a los mejores pinceles del Renacimiento colgados de las paredes. Ora un Rafael, ora un Leonardo; más allá Tiziano o Botticelli. Ángeles de todos los colores y cuerpos rodeaban a santos y vírgenes, como un pueril ejército desnudo.

Gonzaga le preguntó por su ensimismamiento.

—Quizá tú ya no lo ves, Ignacio, pero estamos rodeados del arte más importante de Occidente. En tres pasillos nos hemos topado con cien o doscientos millones de dólares.

—La judía que hay en ti hace siempre cuentas, incluso ante lo más sublime.

Shoval sonreía: algo en la fastuosidad del lugar la molestaba. Siempre había pensado que las actividades burocráticas debían hacerse en oficinas impersonales y lúgubres. Ahora entendía por qué esos hombres solitarios, para decirlo en sus palabras, pecaban tanto.

—Es como si la historia les estuviese estorbando siempre —le dijo a Gonzaga.

Los interrumpió el teléfono móvil del jesuita: era Enzo di Luca, se oía agitado:

—Gonzaga, tal vez tengas razón y yo no sea sino un viejo soberbio. Ven de inmediato. Te diré todo lo que sé de la Orden Negra y de Eugène Tisserant. No sé por qué razón, pero siento que mi vida peligra.

—Calma, Enzo. No estoy lejos. Voy para allá.

—¿Qué hago mientras tanto, Ignacio? Tengo miedo.

—Busca a Francescoli: él te protegerá.

—«*Missit me Dominus. Missit me Diabulus. Missit me Satanas.*»

Colgó.

—¿Qué te dijo? —preguntó Shoval—. Estás muy pálido. ¿Qué te dijo, Ignacio?

—«*El Señor me ha enviado. El diablo me ha enviado. Satanás me ha enviado.*»

—¡Corre a la casa!

Ignacio Gonzaga salió disparado a Borgo Sancto Spirito: algo le decía que no iba a llegar a tiempo.

12

Ciudad del Vaticano, 1933

Pío XI, quien alguna vez fue Achille Ratti, descansaba ese 20 de julio fuera del Vaticano. Como lo haría tantas veces después cuando no estaba de acuerdo con las personas o con las ideas, desaparecía en Castelgandolfo; de esa forma evitaba el contacto con aquello que le repugnaba.

Y el nuevo concordato con Hitler, si bien Pacelli y Nogara lo habían convencido de su necesidad, le daba náuseas. Que otros lo firmaran: a él le quedaba la soledad y el arrepentimiento. Se repetía una y otra vez que los fines justifican los medios. Se sentía una especie de David. Nada había hecho él para llevar la tiara papal, nada para calzarse las sandalias del pescador. A pesar de ello, un designio que él mismo desconocía lo había hecho sumo pontífice. Y como en la historia de David, él huía de Saúl y se refugiaba allí, apenas a unos pasos de Roma, como si se escondiese. Que Pacelli hiciera el trabajo sucio lo tranquilizaba. Allí estaba el cardenal, frente a la hacienda de Nabal, sin dejar vivo a ninguno que orinase: cobrándose y tomando un dinero que quizá no les pertenecía; no podía sino tratarse de una parábola.

Pero Pacelli firmaba un nuevo pacto con Satán. Y algún día, estaba seguro, tendría que pagar por ello. El Vaticano entraría en una nueva etapa de poder y prosperidad, probablemente como no lo tuvo desde Inocencio III. Quizá incluso más, pues con la ayuda de Nogara los próximos años aseguraban vacas muy gordas. Eso lo consolaba: la riqueza te permite crecer, ser libre. El dinero desata temporalmente los lazos que impiden la plenitud.

¿El fin justifica los medios?, se preguntaba Achille Ratti en el silencio de su enorme habitación, frente a una imagen de la *Adoración* de Rafael, que siempre lo había fascinado: ese niño que tampoco sabía entonces para qué había venido a la Tierra, cuántas penas y sinsabores le aguardaban, pese a ese agüero inicial de ser adorado por tres reyes venidos de Oriente.

Rezaba, postrado ante el cuadro, al darse cuenta de la triste verdad: Pacelli podía ser David. Él, Pío XI, era, en cambio Judith. Había negado todo lo que creía por conseguir salvar al Vaticano: matar para dar de comer a los pobres.

La desesperada viuda capaz de entregar a las mujeres de su pueblo para ser violadas, a las casas para ser saqueadas. ¿Y si a él no le daba tiempo de cambiar las cosas, de cortar la cabeza de Holofernes?

Se sintió débil, desvalido.

Lloró sin consuelo durante muchos minutos. Un llanto escandaloso, imparable como un río en su crecida. Un llanto profundo, como la tristeza y la impotencia que lo aquejaron desde entonces y que los años que le quedaban por vivir nunca lograrían mitigar.

Esa noche conversó con el astrónomo jesuita, su nuevo confidente. Ratti le había tomado cariño rápidamente. Le gustaba la sabiduría del joven, su prudencia:

—Padre di Luca, ¿a usted el remordimiento no lo asalta en las noches, cuando se halla solo en su cuarto y la conversación se reduce al incesante monólogo que mantiene consigo mismo desde hace no sé cuántos años?

—A veces también en el día —bromeó un poco.

—Hablo en serio.

—Su Santidad *siempre* habla en serio; ése es quizá su problema. Por supuesto que tengo remordimientos y sufro por ellos, pero intento actuar en consecuencia al día siguiente, obrar con rectitud. La acción es la verdadera indulgencia.

—Por supuesto, Enzo. No me refiero a faltas menores. A algo que esté en el control personal. Me refiero a cosas que escapan a tu voluntad, ante las que no tienes opción.

—Siempre hay opción, Santo Padre. Usted me lo ha enseñado cuando ora por sus propios enemigos. Con su fe en los católicos rusos, por ejemplo.

—Suena tan sencillo. Este hombre que usted ve aquí, no el papa, se ha equivocado muchas veces y ha pagado por ello.

—Lo intuyo. En eso es como todos. ¿Desea que le enumere mis yerros? Tal vez después de ello no quiera tenerme a su lado.

Ratti no tomó en cuenta la respuesta. Siguió hablando, era un monólogo. El astrónomo le servía de espejo, era como él de joven, cuando no tenía la responsabilidad papal a las espaldas, sólo sus pasiones de bibliotecario:

—Además, un hombre simple puede decidir por sí solo. Le cuesta menos trabajo. Un papa, en cambio, no tiene margen de maniobra: las circunstancias lo obligan. Debe manejar la eternidad en la Tierra, donde el tiempo apremia.

—Lo entiendo y lo escucho. No puedo hacer otra cosa.

—Cuando me senté por vez primera en el sillón de San Pedro, padre Di Luca, el Vaticano era pobre. Un animal dolido y enfermo. Y el papa, un prisionero de Italia que ni siquiera se atrevía a salir a su balcón a bendecir a los fieles.

Todo eso cambió en estos años, pero para ello tuve que tragarme el orgullo y la dignidad, firmar acuerdos. ¿Sabe a lo que me refiero?

—Cualquiera que lee el periódico o escucha su novísima Radio Vaticano lo sabe.

—Allí tiene una prueba contundente de lo que digo: la primera estación de radio de alcance mundial. Ha salido de aquí. Desde la Reforma, el catolicismo dejó de ser eso: universal. Ahora podemos soñar con volver a estar en todo el planeta. Y la amenaza del comunismo nos obliga a muchas otras acciones, muchos otros sacrificios.

—No es la única amenaza —se atrevió el jesuita a insinuar.

—Pero quizá la más potente. El ateísmo es un enemigo más poderoso que Satán, padre Di Luca.

—Aceptemos lo que dice como cierto. La voz del papa llega nuevamente a millones de fieles en el mundo, eso sólo puede hacerlo un pontífice libre.

—Mi divisa, desde el primer día, fue...

—«La paz de Cristo en el Reino de Cristo.»

—Sabe usted demasiado.

—No espero servirlo sin conocerlo, Santo Padre. Ha hecho usted un voto contrario a Pío X, para quien el modernismo era un enemigo de la Iglesia.

—Todo lo moderno que nos sirva debe ser bienvenido, sin perder de vista que es un medio para un fin mayor. Un fin supremo.

—¿Se desvanecen sus dudas, Santidad?

—Un jesuita siempre es orgulloso cuando discute, Enzo, incluso frente al papa. Haré caso omiso a su pregunta. ¿Sabe por qué? Porque mi arrepentimiento no se cura ni un ápice con lo que hemos hablado.

—Me disculpo, Santo Padre. No quise ser arrogante;

sólo deseaba que viese los grandes logros de este papado. Pío XI pasará a la historia.

—Le contestaré en sus términos: yo sólo quise ser un alpinista.

—Y el Señor le pidió que escalara la cima más difícil, la más escarpada, la más llena de peligros: el Vaticano.

Achille Ratti se permitió una carcajada. Al padre Di Luca no le faltaba razón: ¡qué complejo escalar el monte de la Santa Sede! Y allí estaba él, pleno de salud aunque viejo, empezando a cosechar las vides en medio del desierto.

—¿Puedo servirle en algo más? —le preguntó Di Luca después de un largo silencio; el observatorio abierto al firmamento, inútil esa noche de palabras y no de astros.

—Sí, padre. He de pedirle un favor muy especial.

—A sus pies, Santidad.

Ratti lo había pensado mucho. No quería que nadie de la curia se enterase de sus pecados, pero le urgía descargar el peso de la culpa. El joven jesuita sabría ser discreto. Era de una obediencia ejemplar. En lugar de pedírselo le dio la orden:

—Necesito que me confiese.

—¿No seré indigno de tal honor? ¿Absolverlo, Padre Santo?

—Déjese de minucias, padre. Necesito decirle algunas cosas que deben permanecer en secreto.

Los días anteriores a éste, en el que por fin se firmaba el Reichskonkordat, tan parecido al acuerdo firmado con Mussolini, habían sido muy agitados para Eugenio Pacelli. Al ver la firma de Franz von Papen en el papel que Nogara le pasaba para que hiciera lo mismo, no pudo reprimir una sonrisa de satisfacción.

Pero no había sido fácil. ¡Tuvo que ceder en tantas cosas! Desde el incendio del Reichstag, Hitler se había endurecido y a él le era cada vez más difícil convencer al viejo papa de que la alianza era moralmente aceptable. Muchas muertes y persecuciones, demasiadas exageraciones, según le decían sus informantes al papa, como para no ser precavidos. Él tenía que luchar en dos bandos: para convencer a los otros y para vencer la resistencia de los suyos. Estaba agotado.

La primera exigencia del Führer fue fulminante: el Vaticano debía disolver el partido católico. Kaas le pidió a Pacelli que hiciera lo posible para conseguir que el papa se permitiera *desear* la disolución del partido, como ya lo había hecho con el italiano a solicitud de Mussolini. El Tercer Reich sólo podía surgir de la unidad.

Pacelli no era alemán, pero de manera extraoficial escribió a los miembros del partido, a los obispos y a los católicos de Alemania: «La determinación del canciller Hitler de eliminar el partido católico coincide con el deseo del Vaticano de desinteresarse él mismo de los partidos políticos y confinar sus actividades a las de su organización Acción Católica, lejos de cualquier partido.»

El deseo quedaba expresado.

¿Cómo ser representados en un nuevo orden en donde los católicos carecían de voz? Ése fue el reclamo de muchos. Pacelli no cejó ni un ápice: los pactos entre la Santa Sede y el gobierno nacionalsocialista eran el garante de que los católicos mantendrían su posición en la vida de la nación.

Un mes más tarde, cuando todo parecía marchar sobre ruedas, Ludwig Kaas estaba de nuevo en el Vaticano:

—El Führer ha añadido una nueva solicitud. Una que le parece fundamental para proseguir nuestro acuerdo.

—Empiezo a cansarme, Kaas. Hemos accedido a todo. Le he dicho a Von Papen lo difícil que ha sido convencer al Santo Padre después de lo que ha sabido desde el incendio. No se olvide del asunto de Deubner.

—Alexander Deubner es más bien una mancha para ustedes, para el Vaticano. Ha vuelto a aparecer en titulares el nombre de la Santa Alianza, el Führer está seguro de que ha habido espionaje en su contra.

—¿Y usted cree que yo soy imbécil, Kaas? Su Führer ha infiltrado espías en lo más alto de la curia, y sé también que tengo que cuidarme de cada paso que doy. Los informes a Hitler sobre mis actuaciones y conversaciones le llegan antes que al papa. ¡He cambiado al personal de la Secretaría de Estado tres veces! No venga a darme lecciones. Frente a eso, un sacerdote como Deubner que se hace amante de una comunista es apenas un pecado venial.

—No se moleste así, cardenal. No quise ofenderlo. Los amoríos de Deubner con Clara Zetkin han estado en boca de todos. Y ustedes lo enviaron a Berlín cuando fue expulsado de Polonia. Creo que tienen un topo dentro de sus servicios secretos.

—Estamos tomando cartas en el asunto, descuide. Uno de los hombres más cercanos al papa, monseñor D'Herbigny, está pagando por Deubner. Yo mismo los recibí a ambos. Ahora oran por el perdón. Han sido relevados de todas sus funciones, pero no nos distraigamos más del motivo de su visita. Me decía que Hitler tiene otra cosa que solicitarnos.

—Así es, cardenal. Quiere que los obispos católicos en toda Alemania juren la nueva bandera, el Reichsstatthalter. Ha pedido incluso que, de acuerdo al artículo dieciséis de nuestro acuerdo, se diga el texto exacto del juramento: «Juro ante Dios y ante los Santos Evangelios, y prometo al convertirme en obispo, ser leal al Reich alemán y al Estado. Juro y prometo respetar al gobierno constitucional y hacerlo respetar por mis clérigos.»

—Estoy de acuerdo, Kaas. A algunos les parecerá indignante, pero no importa por ahora. Agregue el texto. Esa minucia no tengo por qué discutirla con el papa.

—¿No le parecería mejor contar con el acuerdo de él?

—Le he dicho que lo agregue. Pero yo también tengo una condición, Ludwig.

—¿Puedo saberla desde ahora?

—Y transmitirla: hasta no estar firmado el concordato no habrá disolución formal del Partido Central.

—No esperaríamos menos.

—Me exaspera que hable en primera persona del plural cuando habla del Reich. ¿Es usted uno de ellos? ¿O un sacerdote obligado sólo con el Santo Padre y el Vaticano?

—Soy un humilde siervo de Cristo. Y un más humilde ciudadano alemán. Es todo.

—Dejémonos de remilgos. Vaya, pues. Déle mis saludos cordiales a Von Papen. Pronto lo veré en persona. No debemos perder tiempo.

Una vez que Hitler supo de los términos de la conversación entre Kaas y Pacelli, declaró a los periódicos oficiales que el concordato con la Santa Sede había creado una atmósfera de confianza y apoyo para el Tercer Reich, de gran significación en su lucha urgente contra el judaísmo internacional.

Ahora, al fin, en la sala de audiencias del Palacio Apostólico, Eugenio Pacelli veía la firma de Von Papen en el documento y él mismo firmaba al lado.

Vinieron los regalos: una Madonna de Meissen para Pacelli y una medalla papal para Von Papen.

Y el primer cheque para Bernardino Nogara de la embajada alemana en Roma, marcos ya convertidos en liras, veinticinco mil; promesa de que las bolsas del Vaticano empezarían a llenarse con el *Kirchensteuer*.

El nuevo nuncio en Alemania, Cesare Orsenigo, también debía manifestar sus plácemes. Por la ratificación del concordato ofició una misa solemne en la catedral de Santa Eduviges, en Berlín.

Ondearon las banderas nazis y las católicas juntas por primera vez, se cantaron himnos, como si ambos grupos persiguiesen los mismos fines.

—¡Larga vida al Tercer Reich! —brindó Von Papen con champán en la comida especial después de la firma.

—¡Larga vida! —pronunció el cardenal Eugenio Pacelli.

Los demás hicieron chocar sus copas. Todo parecía una extática profusión de cristales que chocan y burbujas que enfrían la garganta.

13

El hombre llevaba una enorme capa negra y una máscara veneciana muy antigua con la que se le distorsionaba la voz.

Habló en latín:

—«*Dii inferi, uobis commendo, si quidquam Sanctitates habetis, ac trado Idíõta: quidquid agat, ut incidant omnia in adversa.*»

Enzo di Luca tropezó, asustado. Su agresor le atravesó el hombro con una daga. Di Luca dio un grito. El alarido no inmutó al enmascarado:

—«*Dii inferi, uobis commendo ilius membra, colorem, figuram, caput, capilla, umbram, cerebrum, frontem, supercilia, os, nasum, mentum, buccas, labra, verbum, victum, collum, iecur, umeros, cor, pulmones, intestina, ventrem, bracchia, digitos, manus, umbilicum, vesicam, femina, genua, crura, talos, plantas, digitos.*»

El anciano jesuita entendía todas las frases de la maldición. Era una retahíla pagana, como de vieja hechicera que se encomendara al infierno y a sus potestades.

—¡Sé quién eres! —se atrevió a decir—, y tarde o temprano serás desenmascarado. Te están pisando los talones, te lo advierto.

El padre Di Luca se arrastraba por el piso. El enmascarado hundió nuevamente la daga, esta vez cerca del estómago. La sangre corrió por el suelo. ¡Qué tibia es la sangre!, alcanzó a pensar en medio del pánico. El dolor era inmenso, helado. Así habló el hombre de la máscara:

—«*Dii inferi, uobis commendo, si quidquam sanctitatis habetis, ac trado Idíõta: quidquid agat, ut incidant omnia in adversa.*»

Y Enzo di Luca se dio cuenta de todo, mientras traducía mentalmente: «Dios de los infiernos, yo te encomiendo, si por ventura alguna santidad posees, la vida del idiota y todo lo que de cuanto terror y adversidad pueda haber.»

Se trataba, con seguridad, de una broma. Quien así le hablaba no estaba en realidad encomendándose a Satán. Decía esas palabras para distraerlo, para engañarlo. Aunque se sintió aludido: era su vida de la que hablaba. Él era el idiota. Si tan sólo le hubiese podido escribir más a Gonzaga. No tuvo tiempo. Estaba furioso y, como si fuese el cazador y no la víctima, le gritó:

—Te conozco —volvió a la carga Enzo di Luca—, buscas venganza. Te escudas en falsas maldiciones para ocultarte una última vez, pero sé quién eres y entiendo las razones de tu ira. Diría incluso que las comparto. Pude haber sido tu cómplice y quizá por entenderte demasiado no te delaté a tiempo.

Las manos del padre Enzo di Luca apretaban con fuerza la herida del estómago. La voz le salía con debilidad. Aun así, intentó jugar con su enemigo, dominarlo en su campo de batalla. Probó:

—«*Periture, tuaque aliis documenta dature morte, ait, ede tuum nomen.*»

La cita de Ovidio pareció surtir efecto, pero el hombre no dijo su nombre ni le entregó documento alguno, como le había pedido en latín. Buscaba el silencio, no la verdad. Se agachó y tomó el cuello del jesuita. Con la misma daga con la que lo había herido dos veces ahora cortó la yugular de un solo tajo.

Toda la habitación quedó salpicada de sangre. Enzo di Luca pudo ver los ojos de su asesino y no se sorprendió al reconocerlo.

—Te veré en el infierno —le dijo Enzo antes de morir.

La puerta de la casa de los jesuitas estaba entreabierta. Nadie en el recibidor, como si alguien hubiese salido con prisa. Ignacio Gonzaga siguió en su loca carrera hacia el cuarto de Enzo di Luca. La casa estaba silenciosa y vacía a esa hora de la mañana. No encontró a nadie en su camino.

Olía a sangre.

Sintió una punzada en el pecho, un aguijón de miedo que se le introducía en el cuerpo. El padre Di Luca estaba en el suelo, ensangrentado, retorcido, como si hubiese luchado consigo mismo en los últimos instantes y las extremidades se le hubiesen descoyuntado. Sus piernas, giradas de lado, parecían pertenecer a otro cuerpo. Tenía la mano detenida, crispada, en el estómago.

Un rictus había trabado su rostro en una mueca macabra. Todo era sangre allí.

Habían dejado una nota clavada en el escritorio con una daga ensangrentada, tal vez el arma del crimen. Habían revuelto todo: libros en el suelo, llenos también de sangre, papeles y ropa.

Era como si allí hubiese estado un ciclón poseído, y no un hombre o unos hombres.

Leyó la esquela, esta vez sin amenaza alguna:

Ellas salieron huyendo del sepulcro, pues un gran temblor y espanto se había apoderado de ellas, y no dijeron nada a nadie porque tenían miedo.

Habían envuelto el puño de la daga con la tela negra con rayas rojas. Volvió a pensar en la Orden Negra. No pudo, tampoco, dejar de sentir que alguien deseaba implicar a una vieja orden tal vez inexistente para despistarlos.

Miró el rostro de Enzo di Luca, con los ojos aún abiertos y la mueca de espanto y de dolor.

Gonzaga tuvo que reprimir las ganas de vomitar y salió a buscar ayuda. Sor Edith aún no había llegado. No había nadie en la oficina de Francescoli ni en la del padre general. Bajó al comedor:

—¿Dónde están todos? —se preguntó.

Sus manos llenas de sangre, el alzacuello también.

El sacerdote que preparaba la comida con dos religiosas gritó y le apuntó con el cuchillo con el que destazaba un pollo. Luego se dio cuenta de lo inútil de su gesto y le preguntó qué había pasado.

—Han asesinado al padre Di Luca. No encuentro un alma en esta casa.

—Todos se han ido, seguramente. El padre general y el padre Francescoli tenían reunión en la Pontificia para elegir un nuevo rector.

—¿No oyeron nada?

La pregunta era absurda, lo sabía. El cocinero y las monjas se encogieron de hombros. Una de ellas le sirvió un vaso de agua que Gonzaga apuró como si fuese el último trago de su vida.

Se alejó de allí y vino a encontrarse con sor Edith en el pasillo. Le narró lo ocurrido o, mejor, lo que vio en el cuarto de Enzo di Luca: no sabía qué había ocurrido.

—¡Cómo desearía estar en un país normal y proceder a una autopsia en regla! Encontraríamos tantas cosas.

—Lo han asesinado brutalmente, a puñaladas. Han dejado incluso la daga allí. O eso creo. No les importa ya nada, Shoval. Estoy seguro de que ni siquiera ser vistos.

—Hablas en plural —dijo ella mientras revisaba el lugar del crimen con meticulosidad, sin atreverse aún a tocar nada—; yo te diría que se trata de un solo hombre.

—¿Cómo puedes estar tan segura?

—Lo sé. No hay indicios de mayor violencia. Quienquiera que fuese lo hizo con velocidad. Primero lo mató y luego buscó algo, sin encontrarlo, como en nuestros anteriores casos. Por eso lo manchó todo con sangre.

—¿Y por qué no hay huellas de los pies del hombre?

—Muy simple: aquí están sus zapatos.

Sor Edith le señaló al lado de la cama dos botines negros con una gran hebilla, como si fuesen los de un mosquetero.

La religiosa se puso unos guantes de látex y abrió el pequeño armario de Di Luca. Allí estaba el resto del disfraz, la máscara veneciana y la capa negra ensangrentadas.

—Tuvo tiempo de cambiarse o, al menos, de dejar parte de su ropa, la más manchada.

—Cuando Di Luca me habló salí corriendo. ¿Cuánto tiempo pudo haber pasado?

—Veinte minutos, un poco más quizá.

—¿Tanto?

—Suficiente. Asesinar a un anciano como el padre Di Luca no le llevó más de dos minutos. Tres a lo sumo. Tardó mucho más tiempo buscando y al final se cambió. ¿Dices que la puerta estaba entreabierta?

—Sí.

—Salió de aquí casi frente a nuestras narices.

—¿No hay nadie en la recepción de la casa? Una persona debería estar allí a toda hora, ¿o me equivoco?

—No necesariamente. El padre general sólo recibe con

citas prefijadas y hoy sabía que estaría en la Gregoriana, eligiendo nuevo rector, con Francescoli.

—Quienquiera que haya sido sabía que el lugar iba a estar vacío. Sin embargo, me parece una venganza. El exceso de violencia rompe con el patrón de las anteriores muertes.

—Sólo de las últimas, sor Edith. ¿O me vas a decir que decapitar al padre Hope es un crimen ligero?

—Tienes razón. Voy a hacer mi trabajo. Abre mi maletín, por favor.

—Te dejo. Voy a telefonear a Francescoli. Tenemos que avisarle. El padre general debe decidir qué hacemos con el cuerpo.

—Te lo digo, ¡si tan sólo me permitieran una autopsia!

—Olvídalo. Toma mejor todas las pruebas posibles.

—Huellas. Es lo que necesito, huellas.

El padre general llegó tan pronto pudo a Borgo Sancto Spirito. El semblante era el de un hombre privado de razón para comprender hecho alguno.

—¡Qué otra prueba recibiremos, Gonzaga, antes de que esto termine!

—No lo sé. Di Luca se llevó a la tumba la llave que nos permitiría atar cabos. Yo le pedí a Francescoli que lo escoltaran, día y noche. No entiendo dónde estaban sus cuidadores.

Pietro Francescoli terció:

—En los últimos días había pedido que lo dejaran tranquilo. No es cosa nuestra. Dijo que lo teníamos preso. Amenazó con denunciarlo al papa. Habló incluso con el secretario de Estado. Era gran amigo del pontífice.

—Eso lo sé por el propio cardenal. Me lo dijo esta misma mañana, como si supiese algo.

—He de comunicarle al Santo Padre ahora mismo la muerte del padre Di Luca. Me excuso.

Quedaron frente a frente. Gonzaga se atrevió a increparlo por primera vez:

—Dime, Pietro, ¿tienes algo que ver con todo esto?

—Ése es tu gran método de investigación, Gonzaga, culpar a los que se te ponen enfrente. Te recuerdo que creías que Di Luca estaba metido en esto. Y que incluso lo amenazaste en el jardín. Fue por eso, porque se te pasó la mano, que exigió que lo dejáramos sin vigilancia. Y te recuerdo que yo no estaba aquí cuando ocurrió.

—Sor Edith pide que le dejemos hacer una autopsia en forma.

—Ni por equivocación. Procederemos de igual forma que con los otros dos, en estricto secreto.

—Lo sabía. Pero te advierto una cosa, Pietro: llegaremos hasta el fondo, pésele a quien le pese.

—Sólo te suplico que te des prisa. No queremos más muertos.

Regresó al cuarto del padre Di Luca. Sor Edith estaba cubierta de sangre.

—He estado pensando en algo, Shoval.

—Sor Edith, por favor.

—Perdona. En esta esquela. Son las últimas palabras del Evangelio de Marcos, pero no en todas las versiones. En algunas termina antes, cuando las mujeres entran al sepulcro de Jesús. Sólo en ésta se espantan y huyen. ¿Sabes lo que eso significa?

—No tengo idea.

—Que no hay testigos de lo ocurrido allí. El lector del Evangelio debe completar el relato. Algo nos está queriendo decir, entonces.

—Decías que Enzo di Luca era el último testigo. La relación es clara.

—¡El sepulcro ha quedado vacío!

—Y hemos salido corriendo de pánico, dejando el lugar sin protección, sin cuidado.

—Es como si el asesino deseara que repitiésemos a gritos la noticia.

—Y no hemos hecho otra cosa que callarla, Ignacio. Que ocultarlo. Seguirá habiendo muertos en tanto no encontremos lo que une los asesinatos y lo hagamos público.

—Y así expulsemos a Satán con el propio Satán, como estaba claro desde el primer mensaje.

—Se puede huir, simplemente, como han hecho las mujeres del Evangelio, o se puede, a pesar del miedo y la muerte, salir a predicar lo ocurrido.

Sor Edith se levantó del suelo mirándose las manos ensangrentadas. Le había cerrado los ojos al padre Di Luca. Una forma de piedad, pensó Gonzaga. Entonces le preguntó:

—¿Terminaste?

—Casi. Pero vas a tener que ir al hotel por otro hábito, no puedo salir de aquí así.

Gonzaga asintió: necesitaba aire fresco.

En el camino al hotel pensó que aún algo le faltaba para que las cosas fueran comprensibles.

Una pieza seguía faltando: la clave verdadera.

El secretario de Estado quería verlos a todos esa misma tarde. Tenía instrucciones precisas del papa.

—Animales sagaces inventaron el conocimiento, padre Gonzaga, pero nos urge una respuesta. No podemos seguir con los brazos cruzados y mientras tanto poner un policía junto a cada sacerdote del Vaticano, ¿no cree? —dijo el cardenal al recibirlos, mientras les pedía que se sentasen. Una religiosa sirvió café y vasos de agua.

Grothoff habló entonces:

—El Santo Padre era un gran amigo de Enzo di Luca; probablemente el único amigo que tenía el jesuita. Lamenta en mucho la pérdida, pero no es momento de condolencias. Son cinco los hombres que han muerto y aún no sabemos nada. Recibimos un informe escrito del padre Gonzaga la semana pasada avanzando algunas hipótesis que son sólo eso, meras conjeturas, que dudo nos impidan que se siga sufriendo. El papa no desea, por ningún motivo, que esto se ventile. La policía de Roma nos ha amenazado. ¿Lo puede creer? De parte del mismo Beltroni me mandaron decir que si seguíamos arrojando muertos, al menos avisáramos dónde pensábamos que caerían. Esto es un asunto de jesuitas, así lo creo. No deseo que se siga salpicando al Vaticano.

—¿Hasta cuándo vamos a poder tapar el sol con un dedo, cardenal? —interrumpió Gonzaga.

El secretario de Estado hizo un gesto con la mano y continuó:

—La Orden Negra. No suena muy convincente, padre, y no quisiéramos que las investigaciones siguieran así. Nuestros propios hombres piensan que tal vez se trata de otra cosa. Ajena a la Iglesia, si se me permite el comentario. Sus fuentes históricas son precisas, pero no sus especulaciones contemporáneas. No sé hace cuántos siglos que la tal Orden Negra no actúa. Lo dije hace un momento, ¿si todo esto fuera en realidad un asunto interno, puramente jesuítico?

—Si es que no queremos referirnos a los hechos de estos días, ¿no fue la Orden Negra la que terminó con Umberto Benigni, el jefe del Sodalitium Pianum, por haberse comprometido en el contraespionaje de Mussolini?

—No lo sabemos a ciencia cierta. Según algunos, Benigni murió de viejo. No se sabe mucho de él después de abandonar esta Secretaría de Estado. Debemos buscar afuera. Insisto, Gonzaga, creemos que esta ola de asesinatos es ajena a la curia.

—¿Ajena a la Iglesia pero asesinando sólo prelados? ¿Y quiénes están detrás de los asesinatos según sus hombres, cardenal? ¿O debo decir según la Entidad?

—Cree saber mucho acerca de la curia, padre Gonzaga, o de historia, según podemos inferir de su informe. Pero exagera sobre el papel del espionaje en el Vaticano; le diría que ni son tantos hombres ni tienen los mismos recursos de la CIA o el Mossad —al decir esto, el secretario de Estado Grothoff miró alternativamente a Gonzaga y a sor Edith, pero luego detuvo la vista en el padre general, a quien pidió un favor a nombre de Su Santidad—: padre general, su orden ha sido atacada, es sólo por esa razón que queremos que el padre Gonzaga continúe sus indagatorias. El papa ha dado permiso especial para que investigue en la Riserva. Dos días exclusivamente. Tiene lo que resta de esta tarde y el día de mañana. Luego los documentos que investigaba Hope volverán a ser sellados por el propio papa.

Gonzaga sonrió, por dentro. Parecía hierático, sin embargo.

—¿Tendremos algo en ese tiempo? —le preguntó el padre general.

—Tendremos información para desencriptar, pero no estoy seguro de hallar la respuesta a todas nuestras preguntas en tan poco tiempo.

—Puede usted utilizar los servicios de sor Edith como secretaria, digamos. Sólo ustedes dos podrán entrar al Archivio Segreto. Espero que entienda las razones de la reserva del pontífice.

—¿Sabemos algo de los hombres que me persiguieron?

—La policía italiana está en eso. Se han comunicado a

Basilea para pedir las identificaciones de los hombres que entraron al banco. La policía internacional los busca. O los encontramos o se los habrá tragado la tierra, como a tantos otros matones a sueldo.

—¿Cómo sabe que son eso, matones a sueldo?

—¿Qué sugiere, Gonzaga? Yo sólo sé lo que me dice el jefe de la Guardia Suiza al respecto. Y él, a su vez, sólo está enterado de estas cosas por sus amigos de la policía italiana.

—No creo que descansen aún: está en esto tanto como quienes les han pagado.

—¿Lo comprende, padre? Usted mismo infiere que han sido contratados para la empresa. Dejemos que las autoridades hagan ese trabajo. Usted encuentre un motivo que vincule todas estas muertes y estaremos más cerca del final de esta pesadilla.

El padre general tomó la palabra, dirigiéndose al secretario de Estado:

—Gracias, eminencia. Estoy seguro de que el padre Gonzaga comprende las implicaciones de este asunto. Es sólo que nos vence la preocupación de no encontrar quién ha planeado esto antes de que vuelva a actuar.

—Entonces procedamos de inmediato. Seguir conversando aquí no es sino perder el tiempo. Le aseguro que nosotros tenemos una agenda muy abultada. *Arrivederci!* —dijo en su grave italiano de escuela.

El cardenal Grothoff, como hacía siempre, se ensimismó en sus papeles y no se molestó en despedirse de sus invitados, que fueron saliendo uno a uno del despacho.

El padre general venía conversando con Gonzaga:

—¿Está de acuerdo con las interpretaciones del cardenal Grothoff?

—No. Creo que busca distraernos. Ganar tiempo.

—¿Ganar tiempo?

—Sí. Sus hombres tienen algo que ocultar.

—Está usted demasiado obsesionado, como dice el propio cardenal, con sus historias de espías, Gonzaga, ¡por favor! Si temieran que usted llegara a resolver esto, no le proporcionarían acceso a la Riserva.

Gonzaga se dijo que quienes aparentaban querer saber la verdad eran, en realidad, quienes más la ocultaban.

Dos hombres con pinta de rufianes se apearon de un auto negro en la piazza Navona. La fuente de los Cuatro Ríos estaba encendida, y el lugar repleto de turistas. Los coches circulaban en todas direcciones. A uno de los hombres se le notaba el bulto de la enorme pistola bajo la chaqueta azul marino. Llevaban lentes oscuros y el pelo engominado. Buscaban a alguien; ellos no parecían preocuparse por ser reconocidos en su oficio, y cualquiera que los hubiese visto los habría identificado de inmediato con miedo: *mafiosi*.

Entraron al café semivacío a no ser por tres turistas que contemplaban sus rosarios de pétalos de rosa recién comprados. Pidieron sendos *macchiati* y leyeron el periódico: tenían quince minutos. No se molestaron en pagar la cuenta: dejaron dos billetes en la mesa y salieron rumbo a la iglesia de Sant'Agnese in Agone. Caminaron hasta donde se encontraba la famosa virgen desnudada por el martirio, cuyos cabellos crecidos milagrosamente le cubrían el cuerpo. Era el lugar acordado, el mismo de las otras ocasiones.

Un sacerdote extranjero los esperaba en una banca del fondo.

Recibieron el sobre y el maletín con dinero.

No hubo palabras, ni mayor intercambio. El prelado entró a la sacristía del lugar y los dos hombres salieron con la misma prisa con la que habían ingresado minutos antes.

El más gordo tomó agua bendita de la pileta y se santiguó.

El sol los cegó por un instante. Se volvieron a colocar los lentes oscuros.

El prelado tomó un taxi cinco minutos después, que lo dejó en su casa. La calle apenas a unos pasos de la plaza de San Pedro: Borgo Sancto Spirito.

Tenía su propia llave de la puerta.

Media hora después salía con una pequeña maleta de mano colgada del hombro. No iría muy lejos, no se trataba de un viaje.

Se escondería el tiempo que fuese necesario. Luego acabaría de una vez con su parte en ese teatro macabro. Los hombres cumplirían con las instrucciones antes de la medianoche. Era bueno tener ayuda. Ni siquiera él, con toda su fe, podría haberlo hecho solo.

El jefe de la Guardia Suiza personalmente acompañó a Ignacio Gonzaga y a sor Edith al Archivio. Un nuevo curador había sustituido al padre Hugo Bianchi. Aunque decir nuevo sería una grosería a su edad, quizá más avanzada que la del antiguo jefe del lugar. Ambos parecían mimetizados con el entorno, la piel del color de los pergaminos que manipulaban entre los estantes y las mesas.

El guardia los dejó solos.

—Su fama le precede, padre Gonzaga —dijo el anciano, y le estrechó la mano. Hizo un gesto con la cabeza para saludar a sor Edith—. Déjeme decirle que es un placer para mí conocerlo. Estudié con el padre Di Luca: él hablaba muy bien de usted. Descuide, estoy al tanto de lo ocurrido, incluso con mi antecesor. Yo trabajaba hasta hace dos días en la biblioteca personal del papa, en Castelgandolfo, pero venía mucho a Roma.

—¿Cuándo habló con Enzo la última vez?

—Al día siguiente de la muerte del rector de la Gregoriana. ¿Cómo se llamaba?

—El padre Korth.

—Eso es, Korth. Soy un grosero. Tomen asiento. Madre, por favor. Póngase cómoda.

Shoval aún sonreía cuando la llamaban así.

—¿Le dijo algo? ¿Sabía algo Enzo que no nos haya contado?

—Desconozco lo que hayan hablado usted y él, pero sí que sabía, aunque no me lo contó todo. Mientras menos gente sepa, mejor. Van a acabar con todo recuerdo, decía.

—¿Recuerdo de qué, padre?

—Veo que no tuvieron mucho tiempo para hablar, entonces.

—No quería. Evadía mis preguntas con ironías históricas, con frases bíblicas.

—Estaba seguro de que la llave maestra para abrir este enigma era Eugène Tisserant, se lo dijo.

—Yo le pregunté. Al principio también evadió el tema. Pero sí que hablamos.

—Tisserant sostenía que Eugenio Pacelli mató a Pío XI, aunque se llevó sus conjeturas a la tumba.

—Existe un diario, según me dijo Di Luca.

—Fragmentos de un diario, padre. Una parte se perdió para siempre. La otra estuvo en un banco en Basilea hasta hace poco.

—¿La robaron?

—Claro. Estaba en la caja de seguridad del padre Enzo.

—Tenía razón, entonces, harán lo que sea para que no quede recuerdo alguno de lo ocurrido.

—Dese prisa, entonces. El Santo Padre me ha pedido que le deje consultar estas cajas. Son todas suyas. Y ahora, si me permiten, los abandono. Tengo que ir a rezar. Hay una capilla contigua, me pueden encontrar allí cuando terminen. Uno de ustedes vaya por mí. No dejen solos los documentos ni un instante, se lo suplico.

El viejo sacerdote se alejó arrastrando los pies. Estaban allí, en el centro de la Tierra. A veinticinco metros bajo el suelo. El lugar estaba blindado por todos lados, el papa Wojtyla había terminado las nuevas instalaciones que guardaban cientos de miles de documentos.

—Se dice que en el Vaticano todo lo que no es sagrado es secreto —le había dicho a Shoval tan pronto entraron.

Ahora tenían frente a ellos dos cajas. Ella encendió su computadora portátil, dispuesta a comenzar a copiar. Gonzaga le había propuesto el método para avanzar lo más pronto posible. Él seleccionaría el documento y se lo pasaría a ella para que mecanografiase las frases de entrada y salida y aquellas que, en medio de la cifra incomprensible dada su localización en el texto o por haber sido subrayadas, les pareciesen importantes.

Trabajaron así por un buen tiempo. Dos horas, quizá. Concentrados al máximo. Gonzaga, además, tomaba sus propios apuntes a mano antes de entregarle el nuevo documento a sor Edith.

Unas treinta cartas, dos informes especiales. Los rudimentos del código verde que conocían de Ari Goloboff, el amigo de Shoval, les permitían intentar una clasificación provisional.

—Podemos estarnos aquí, no dos días, sino seis semanas y probablemente no encontremos nada.

—¿Quién puede saberlo?, a lo mejor la clave de todo está aquí.

—No estés tan segura. No nos hubiesen dejado verlas. Lo que está aquí es inocuo.

Algo le decía a Gonzaga que los habían mandado a una trampa. Que si allí hubo algún documento esclarecedor, ahora no se encontraba en esas cajas.

Realizaba el trabajo más por disciplina que con la convicción de que encontraría algo importante. Su mente buscaba ya los diarios de Tisserant.

Entonces sonó su teléfono. Era un mensaje de texto, no conocía el número desde el que se habían comunicado. Leyó:

Mis ojos se deshacen en lágrimas día y noche sin cesar por la doncella de mi pueblo.

Gonzaga palideció. Volvió a leer el mensaje; ahora se trataba del profeta Jeremías.

Se lo leyó a Shoval.

—¿De qué se trata?

—No lo sé.

—¿Qué más dice?

—Es todo.

—No. ¿Qué más se dice en Jeremías?

—Déjame recordar: «Si salgo al campo, veo muertos a espada; si entro en la ciudad, veo enfermos de hambre, y tanto el profeta como el sacerdote andan vagando por el país y nada entienden.»

Volvió a sonar el teléfono. Era una llamada:

—«¿Por qué hiciste que nos hirieran sin remedio?» —dijo la voz, absurdamente distorsionada por algún paño entre la bocina y la boca.

—¿Quién es? ¿Qué quiere?

Colgaron. Entonces se escuchó un ruido seco, como un golpe. Y se apagaron las luces.

14

Ciudad del Vaticano, 1937

Pacelli veía con dolor cómo se iba distanciando paulatinamente del viejo papa. Nos volvemos imbéciles con los años —pensaba—, que el Señor me proteja de vivir hasta una edad avanzada. Ahora era el colmo: Pío XI había aceptado recibir a los cardenales alemanes, saltando su autoridad como encargado de las relaciones internacionales, como habían acordado desde que asumió la Secretaría de Estado.

Era difícil mantener una buena relación con el Führer y a la vez tener contentos a los altos prelados. Estaba harto de tener que manejar un doble discurso. Había redactado notas diplomáticas a lo largo de los dos últimos años apoyando a los católicos, pero también en ocasiones pareciendo hostil a los deseos del Tercer Reich. Y había tenido que vérselas con espías nazis dentro de su propia oficina.

Lo mismo le había ocurrido con Mussolini. Éste había infiltrado a sus hombres hasta los corredores más privados de la curia, y Pacelli tuvo que utilizar todo tipo de tretas para desenmascarar a la que llamó «red Pucci», por el nombre de su cabeza, monseñor Enrico Pucci. Espías dobles, a sueldo de la OVRA, la Organizzazione di Vigilanza e la Repressione dell'Antifascismo, reclutados por su jefe, Arturo Bocchini.

Inventó la existencia de un espía falso, a quien llamó Roberto Ganille. Fue genial; logró hacer creer a todos que el topo existía realmente. Y así pudo sacarlos a la luz. Uno a uno, cayeron los espías: Stanislao Caterini, Giovanni Fazio, Virgilio Scattolini.

Con algunos bastaba un escarmiento. No así con Fazio, porque su papel de policía del Vaticano, brazo ejecutor en algunas ocasiones de la Penitenciaría Apostólica, lo hacía poseedor de demasiados secretos.

El castigo de Fazio debía ser ejemplar. Lo ahorcaron. Un pedazo de tela negro con las rayas rojas fue la única nota. El rumor se regó por el Vaticano con la velocidad y la violencia de la peste.

Eugenio Pacelli no lo pensó dos veces: con revivir a la Orden Negra era suficiente: el miedo se apoderaría de cualquiera que intentase ser espía doble.

Ahora, con los nazis, las cosas volvían a complicarse. Necesitaba saber de qué lado estaban los fieles espías de su Santa Alianza.

Necesitaba, aún más, revivir el Sodalitium Pianum: confiar sólo en algunos, que sirvieran sólo a él, no al papa. Achille Ratti tenía, desde hacía tiempo, demasiadas preocupaciones y enfermedades que atender.

A él mismo no le daba confianza el humor cambiante del pontífice, en más de una ocasión se había sentido vigilado, espiado.

En marzo de 1933, mientras trabajaba para conseguir la clausura del partido católico y la firma del concordato con Hitler, los espías del papa enviaban a éste informes semanales. Interceptó uno el 3 de abril.

Le hablaban de los esfuerzos de Pacelli y Kaas, y decían que eran infructuosos. Citaban los discursos del Führer: «Juro erradicar completamente el cristianismo de Alemania. O eres cristiano o eres alemán. No puedes ser ambas cosas a un tiempo.»

Luego le proporcionaban una lista de las organizaciones, periódicos y editoriales católicos que habían sido suprimidos por el Tercer Reich.

El código verde indicaba que se trataba de un informe altamente secreto. Para Pacelli no representaba problema; él mismo había enviado durante la Gran Guerra muchos informes cifrados en el mismo lenguaje. Lo leía con la misma fluidez que el latín. Podía ver las palabras ocultas entre los cientos de letras como si tuviese una retícula especial.

Un año después pudo interceptar un informe aún más comprometedor en el que se le mencionaban al pontífice los nombres de los católicos ejecutados durante la llamada Noche de los Cuchillos Largos: el 30 de junio de 1934.

Erich Klausner, jefe de Acción Católica; Edgar Jung, Adalbert Probst, Fritz Gerlich, editor del *Der Gerade Weg*, «El camino correcto».

Y también las purgas de no católicos miembros de las SA, las *Sturmabteilung*, por no estar de acuerdo con el derrotero del Tercer Reich.

Al final, en un gesto de osadía, los informantes copiaban al papa la lista de las personas no deseadas por el Reich; entre ellos había cientos de católicos.

Había sido una suerte encontrar a tiempo el correo y retirarlo, aunque ello implicara deshacerse del mensajero.

El papa se enteró por uno de los cardenales y llamó a su secretario de Estado:

—Cardenal, creo que es tiempo de manifestarnos públicamente en contra de Hitler.

—Tenemos un pacto con él, Santo Padre. No creo que sea oportuno.

—¿Sabe usted a cuántos católicos de primer nivel ha asesinado? ¿Sabe cuántos más están en su lista negra?

—Todos los gobiernos tienen listas negras, Santidad.

—Pero no todos los gobiernos ejecutan a quienes aparecen en sus listas, Pacelli. ¿Está ciego? No podemos seguir permitiendo que esas cosas ocurran ante nuestros ojos. Como pastor, tengo la obligación de cuidar a mi rebaño. Y le digo que los católicos peligran más que nunca en Alemania. Ya no puedo confiar en nadie, ni siquiera en usted.

—Santo Padre, le ruego no sea tan severo con uno de sus siervos más leales.

—¿Por qué no se me avisó que Wilhelm August Patin había trabajado como espía doble, con la Santa Alianza y con los nazis?

—Lo acabamos de descubrir. Era un sacerdote modelo.

—Y también primo de Heinrich Himmler. Podría tener más cuidado con la gente que escoge para sus misiones dentro del Reich: son años complejos que exigen de nuestra parte algo más que prudencia y silencio.

—Le informo que Patin ha sido reemplazado. Tenemos informes de que el nuevo hombre es Martin Wolff. Él ha llevado a su central de operaciones en Munich al padre Albert Hartl.

—Hartl dejó el sacerdocio. Ya sé todo. Incluso que Hartl acusó a su antiguo mentor en el seminario, Josef Rossberger.

—¿Está al tanto de las torturas que sufrió Rossberger, entonces?

—Aún más: sé que Hartl presenció las sesiones y participó activamente. El general de los jesuitas me lo comentó hace semanas. ¿Sabe que presentó al propio Hitler un informe sobre la Compañía de Jesús?

—No. Lo desconocía.

—¿Ve, Pacelli? Déjeme a mí tener la visión completa de cómo ocurren las cosas; no me oculte información. Probablemente nos equivoquemos, pero le aseguro que no vamos a permanecer callados ni un día más.

—Lo entiendo, Santo Padre, y le ofrezco una disculpa. No ha sido mi intención ocultar, como usted dice, información. Deseaba ahorrarle la pena de saber ciertas cosas.

—El papa se entera, más pronto que tarde, de todo lo que ocurre con sus feligreses. Y el dolor es mucho mayor cuando las noticias llegan demasiado tarde. ¿Me comprende, cardenal?

—Completamente. En adelante, recibirá usted un informe semanal de los acontecimientos en Alemania y, si le parece, lo discutiremos personalmente.

—Ésta puede ser, entonces, nuestra primera sesión. El padre Leon Brendt y el padre Günther Hessner enviaron sendos informes sobre el Rasse-Heirat Institut, el instituto del matrimonio racial, ¿está usted al tanto?

—Someramente.

—¡Es una monstruosidad! ¡Se trata de un antiguo castillo convertido en hospital o en laboratorio de reproducción, ya no sé cómo llamarlo! Allí, altos miembros del partido nazi tienen relaciones sexuales con mujeres escogidas de toda Alemania que son llevadas al lugar para reproducirse.

—Brendt estuvo aquí anteayer, Santo Padre. Me comentó eso y las otras prácticas médicas: la inseminación artificial. El control estricto.

—Todo allí es supervisado estrictamente. Hessner va y viene, pero quizá no pueda hacerlo por más tiempo. Está en Alemania como secretario de Clemens August von Galen, en Münster.

—Lo entiendo. ¿Qué podemos hacer?

—Por ahora, observar. Ya nos tocará denunciarlo todo. Los hombres, elegidos también entre los más altos y atléticos de los miembros del partido nazi, descansan dos días al entrar en el hospital y son sometidos a las más estrictas pruebas médicas.

—Brendt y Hessner no se han ahorrado detalles en sus respectivos informes. Conmigo fueron menos explícitos.

—Las enfermeras desnudan a los hombres y a las mujeres y éstos mantienen relaciones sexuales bajo estricta vigilancia médica. Tiene usted un largo trabajo. Vamos a pasar toda la tarde escribiendo nuestras notas de repudio.

—¿Mencionará el Rasse-Heirat Institut?

—No puedo. Es información confidencial. Sugeriremos algunas cosas, pero sin implicar a nadie. Ya han muerto muchos inocentes.

Escribieron diez notas. En los días siguientes fue requerido por el pontífice. Parecía exaltado. Llegaron a redactar cincuenta y cinco protestas formales a la cancillería.

Pacelli no podía hacer nada.

Quizá sólo esperar las réplicas por parte de Hitler o de Von Papen.

Pío XI descansaba en su habitación. O más bien se reponía de unos días terribles para él, postrado en cama mientras debía actuar en contra de los enemigos del Vaticano y de los católicos. Dormía mal y por la mañana no se encontraba del todo bien. El corazón estaba débil, le había dicho su médico.

—Si tan sólo fuera el corazón, doctor. Soy un viejo diabético.

—Y sus piernas ulceradas me preocupan, Santidad. Conforme avanza la enfermedad, la cicatrización es más lenta.

—Soy ya un vejestorio inservible. ¡Y justo cuando mis fieles más me necesitan!

En ese estado de palidez, con los ojos semicerrados, casi irreconocible, recibió a sus queridos cardenales Adolf Bertram, Michael von Faulhaber y Karl Joseph Schulte. Los tres hombres besaron el anillo del pontífice y acercaron unas enormes sillas a la cama.

—¿Está enterado, Santo Padre, de lo que ocurre en Alemania?

—Creo que sí. A mi pesar. Me entristece mucho.

—Le rogamos entonces que se pronuncie públicamente.

—No quiero atraer más ira y odio de los nazi hacia nosotros. Tenemos que ser muy prudentes con nuestras palabras. ¡Se imaginan si empiezan a matarnos!

—Ya lo hacen. Han suprimido toda forma de actividad católica. Hasta los círculos de costura de invierno. Una actividad diocesana sin ningún peligro para nadie —dijo Bertram, irritado.

—¿Y qué proponen? He enviado notas diplomáticas a la cancillería manifestando mi rechazo frontal a la persecución y las campañas de odio.

—Me temo que no es suficiente, Santidad. Necesitamos un documento más contundente. Algo que podamos leer en los púlpitos de las iglesias —contestó Schulte.

—Algo que nos una y, sobre todo, nos fortalezca en medio de expertos en la intimidación y el miedo.

—Los entiendo. Una encíclica, entonces. Para todos los obispos católicos de Alemania.

—No esperábamos menos, Santo Padre. Las palabras de nuestro pontífice serán un arma de combate.

—Lo dice usted como si estuviésemos en guerra, cardenal Bertram.

—Estamos en guerra, ¿aún lo duda? La guerra es la madre de todas las cosas.

A pesar de la enfermedad, trabajó con Von Faulhaber, a quien pidió que se quedara en el Vaticano, y con el propio Pacelli en la redacción de la encíclica. Tardaron dos semanas en tener un primer borrador.

—Hay que titularla, dijo Pacelli. Las encíclicas las recordamos por la fuerza de su título, aunque no las hayamos leído.

—*Mit brennender Sorge* —dijo Von Faulhaber sin pensarlo. Pacelli entendió de inmediato. El papa requirió traducción: «Con profunda ansiedad.»

Estuvieron de acuerdo. Tenía fuerza y a la vez no era violento. El inicio del documento reforzaba la preocupación que Pío XI quería mostrar.

—«Con profunda ansiedad y creciente consternación hemos considerado por algún tiempo los sufrimientos de la Iglesia en Alemania...» Agreguen algo sobre el paganismo. Pónganlo menos directo.

—En lugar de la verdadera creencia en Dios, existe en Alemania una deificación de la raza, el pueblo y el Estado. ¿Le parece? —dijo Von Faulhaber.

El pontífice estuvo de acuerdo.

Pacelli cuestionó, incluso en ese momento, si era oportuna una encíclica. Convenció al papa de evitar cualquier manifestación en contra del antisemitismo nazi. Había dos comentarios en la encíclica original de Michael von Faulhaber que el cardenal secretario de Estado consiguió que se omitieran por su alusión directa al proceder de los nacionalsocialistas en contra de los judíos:

—Estamos defendiendo a los católicos, no a los judíos. Temo que se nos malinterprete si agregamos esas líneas.

—Elimínelas, entonces. Lo que menos deseo es que se nos malinterprete. Debe quedar claro que estaremos detrás de los católicos, que de aquí en adelante no nos quedaremos callados.

—Por eso hay que evitar cualquier tentación de identificar su encíclica con un ataque directo al Führer. Provocaría exactamente lo contrario: una lucha encarnizada en nuestra contra. Sería visto como una muestra de debilidad, no de fuerza.

Achille Ratti calculó cada una de sus palabras. Escogió entonces el día: la encíclica *Mit brennender Sorge,* sin embargo, se leyó en pocas iglesias de Alemania y casi clandestinamente por temor a las represalias, el 14 de marzo de 1937, Domingo de Ramos, día de la Pasión del Señor.

¿Es fácil ser pontífice? La famosa infalibilidad en cuestiones de fe, ¿de qué sirve frente a las dudas que plantea el mundo?, se preguntó Pacelli con sorna cuando el embajador alemán en el Vaticano salió de su despacho.

—El Führer está muy molesto con ustedes. Es demasiado tarde para retractarse de su encíclica, pero no desea ningún nuevo pronunciamiento del pontífice sobre la vida de los alemanes.

—Entiendo su preocupación. Transmítale al Führer, como siempre, el respeto de la Santa Sede.

—Creo que debo entregar algo más que palabras.

—La esperanza de que pronto encontremos la oportunidad de mostrar al mundo que las relaciones entre el Vaticano y el Tercer Reich son normales y amistosas —sonrió Pacelli, y se levantó de su asiento.

El gesto se lo había aprendido a Gasparri y era muy efectivo; solamente él decidía así cuándo terminaba una audiencia.

Estrechó la mano del diplomático en señal de despedida.

Se había quedado sin armas, por ahora.

15

Ignacio Gonzaga calculó con rapidez qué era lo más correcto en ese momento. ¿Quedarse quieto, esperando a que volviese la luz, o actuar de inmediato y ponerse a buen recaudo? Shoval le pidió:

—No te muevas, Ignacio. Puede ser una trampa.

Gonzaga meditó un segundo antes de sacar su pistola.

—¡Quédate aquí, Shoval! Por ningún motivo te separes de los documentos.

La oscuridad le impedía verla. Quiso cerciorarse que todo estaba bien:

—Sor Edith, ¿me oye? —probó.

—Sí.

Sus pasos. El silencio. Otra vez sus pasos.

El miedo podía palparse, adquiría cuerpo, llenaba la enorme sala y reemplazaba los cientos de estanterías repletas de documentos.

Avanzó un poco más y sintió la presencia de alguien. No veía nada, pero estaba seguro; allí había otra persona. Preguntó:

—Padre, ¿es usted? ¿Ha regresado de rezar?

No hubo respuesta. Sor Edith habló:

—¿Ignacio?

—Aquí estoy. ¿Y tú?

—Bien.

Continuó avanzando unos diez pasos hacia donde creía que estaba la puerta. Era absurdo, se dijo. No veía nada. Estaban veinticinco metros debajo de la tierra y separarse era aún más peligroso.

Intentó regresar, entonces.

Oyó con claridad las pisadas de alguien detrás de él. El pánico lo paralizó. Volteó al tiempo que sacaba la pistola y apuntaba a la oscuridad. No hizo nada más. Pudo ser un segundo, pero el tiempo para él se había detenido, como si al pasar por el hueco de un reloj de arena una piedra hubiese obstaculizado su marcha. Sintió su respiración, oyó su corazón latir con fuerza.

Oyó un extraño silbido que le produjo miedo.

Instintivamente se tiró al suelo, sin saber aún si estaba herido, si eso era la muerte. Buscó en su cuerpo la huella de una herida, la sangre que no manaba.

Oyó dos disparos nítidos y el sonido de un cuerpo que se desplomaba. Luego un objeto de metal que también caía en el suelo. Quiso hablar, pero no le salió palabra alguna.

Shoval Revach se acercó a Gonzaga:

—¿Te han herido?

—No lo creo.

Y se alejó. El jesuita recuperó el aliento que el miedo le había arrebatado y se puso en pie, siguiendo a la forense. Apuntaba con su arma, aún no podía ver. Sus ojos no se habían acostumbrado a la oscuridad.

—Guarda la pistola, Ignacio, vas a herir a alguien.

Entonces se dio cuenta. El agresor yacía en el suelo, la sangre salía de su cuerpo en dos sitios, dos minúsculos impactos de bala de la Beretta 22 que Shoval había disparado con precisión, salvándole la vida.

—¿De dónde sacaste la pistola? —le preguntó mientras se hincaba a revisar el cuerpo del muerto.

—La pedí en la embajada cuando regresamos de Basilea.

—Tienes una gran puntería.

—Disparé hacia donde veía un bulto. No pude observar nada más. Es un alivio que lo haya hecho antes que él. ¿Lo conoces?

—Sí. Es Anthony Shannon, un jesuita irlandés.

—Lo malo es que los muertos no hablan. No sabremos nada más.

Con los ojos acostumbrados a la penumbra y la ayuda de sus móviles encendidos, se acercaron al hombre. Le revisaron los bolsillos. Casi nada: boletos de metro, unas pastillas y una libreta con pocas hojas escritas. Leían apenas en la casi total oscuridad. En la última hoja, unos nombres coronados por una cruz: Jonathan Hope, Fritz Korth, Enzo di Luca, Ignacio Gonzaga y ¡Shoval Revach!

—¡Sabía mi nombre! —dijo Shoval. Le tendió el objeto a Gonzaga, quien encontró dentro la esquela y el trozo de tela de la Orden Negra. Se los mostró a la mujer:

—Éramos los siguientes.

Leyeron apenas ayudados por la luz del móvil:

Ay de la ciudad contaminada y prepotente; apartaré de ti a los soberbios fanfarrones y tú dejarás de engreírte.

Otra cita de la Biblia. Ahora, del Libro de Sofonías. Shannon la traía en el bolsillo para colocarla en la escena una vez que los hubiera liquidado. A ellos dos, a Shoval y a él.

Ignacio Gonzaga marcó al teléfono del padre general. Le pidió que informase a Grothoff y le suplicó que los alcanzase en el Archivio Segreto:

—Se trata de un jesuita: el padre Shannon. Usted sabrá qué hacer.

—¿Y el bibliotecario? —preguntó Shoval.

Se habían olvidado del hombre, pero no había luz en el lugar y no deseaban moverse. Tenían dos cosas que esconder: los documentos que habían propiciado la cadena de muertes y al asesino, cuyo último crimen, frustrado por una religiosa, era su mejor confesión. O al menos eso pensaba Gonzaga. Luego lo asaltó nuevamente el temor, dijo:

—¿Y los otros diez?

—¿Diez qué? —preguntó la mujer.

—Los otros diez miembros de la Orden Negra. ¿No lo ves? No hemos acabado.

—Me temo que no podremos indagar más. Y sin embargo algo me dice que aquí no terminarán los asesinatos.

Algo le decía a Gonzaga que era verdad.

—No sabemos qué movía a Shannon. No sabemos tampoco si él era el ejecutor solamente. Creo que es así. Has eliminado al propagador principal, pero no a la peste.

—Nosotros somos nuevos en su plan. Temen que Enzo di Luca te haya informado. Y que de la misma forma tú me hayas contado todo a mí, Ignacio.

—Además, Shoval, los hombres como Shannon no necesitan motivos, sólo órdenes.

La verdad, volvió a decirse el jesuita, nunca nos hace libres.

Dos hombres se preparaban para cumplir con su nuevo contrato, agazapados en su automóvil, disfrazados de sí mismos, empleados a sueldo de la Camorra. Durante tres días habían estudiado los movimientos de la mujer. Todas sus actividades. Previsible, la rutina comenzaba muy de mañana y nada parecía quebrarla. Salía de su casa a las ocho de la mañana y se encaminaba a su oficina con la lentitud de quien, además de los años, carga demasiados kilos. Allí despachaba por un espacio de cuatro horas, hasta poco antes del almuerzo. Salía del lugar y se dirigía, siempre a pie, a una pequeña iglesia, Sant'Andrea al Quirinale, donde en la misma banca, la segunda desde el altar del lado izquierdo, rezaba durante media hora con un rosario de plata en la mano.

De su bolso sacaba un bocadillo que iba comiendo al salir del lugar. Lo mismo el lunes, que el martes y el miércoles. Ahora era jueves y los dos hombres la miraron engullir con fruición el emparedado.

No la dejaron terminar su rutina y regresar a su despacho en la Universidad Gregoriana. El más alto de los dos hombres la abrazó por detrás cuando cruzaba la puerta de la hermosa iglesia de Bernini y con un solo movimiento le fracturó el cuello. No se escuchó sino el ruido del hueso que se quiebra.

Les costó trabajo meter con rapidez el pesado cuerpo en el asiento de atrás. Arrancaron a toda prisa. Hubiesen realizado la encomienda el primer día, pero esperaron a recibir su paga por el trabajo en Suiza antes de realizar este último.

Si a los dos hombres les hubiera interesado saber quién los había contratado, no les habría parecido casual que la iglesia donde habían asesinado a la religiosa había sido encargada en 1658 por el cardenal y príncipe Camilo Astalli Pamphili, hijo de Olimpia Maidalchini, la fundadora de la Orden Negra.

Una sonrisa se habría esbozado en la cara de uno de sus últimos miembros, Anthony Shannon, al saberlo, pero los muertos no sonríen.

El cadáver de la religiosa sería arrojado esa misma tarde a las afueras de la ciudad. El coche lo hicieron caer al Tíber. En el bolsillo de su hábito habían colocado una nota que venía en el sobre que el jesuita les había dado esa misma mañana junto con su dinero:

Tú eres demasiado justo, Yahvé, para que pueda discutir contigo; pero deseo hacerte una pregunta sobre la justicia, ¿por qué prosperan los caminos de los impíos?

Las instrucciones eran precisas: no debían matarla ni dejarla en el Vaticano, sino en Roma. En la via Stoppato, para ser exactos. Era importante que las autoridades encontraran el cuerpo pronto. Por eso debían huir tan pronto hubiesen terminado el encargo.

Saldrían por tren de Roma una hora después.

Se encendieron al fin las luces del lugar. Gonzaga, sin pensarlo, llevó la mano a la pistola, que seguía en su traje negro y que no había tenido tiempo de usar. Instintivamente devolvió la nota al bolsillo de su agresor. La sangre de Shannon había hecho un charco en el suelo de cemento.

Entraron poco después. Al padre general lo acompañaba el jefe de la Guardia Suiza y el secretario de Estado. Dos guardias entraron entonces con el padre archivista, quien lucía demacrado.

Lo habían dormido con cloroformo poco después de que se apagaron las luces. No pudo ver a su atacante, dijo. Lo sintió abrazarlo por detrás y luego le puso un pañuelo en la nariz y la boca. No recordaba nada más hasta hacía unos minutos, cuando los hombres que lo escoltaban lo despertaron en la capilla adjunta a la sala de archivo.

—Ordene una revisión exhaustiva de las pertenencias de Shannon —le pidió el secretario de Estado al jefe de la guardia— o, mejor, hágalo usted mismo.

Luego volteó adonde estaba el padre general:

—Nos permitirá realizar nuestra investigación, ¿no es así?

—Por supuesto, cardenal. Le pediré a Francescoli que los acompañe tan pronto regresemos.

—¿Qué más sabemos de Shannon?

Gonzaga dijo lo que el secretario del padre general le había contado; incluso refirió que por instrucciones suyas lo había alejado del padre Di Luca.

—¿Sospechaba algo, padre? —preguntó Grothoff.

—No. Me hubiese gustado, se habrían evitado algunas muertes. Lo hice más bien para proteger al padre Di Luca por las noches. Yo mismo me trasladé al cuarto que había sido de Shannon.

—¿Y encontró algo?

—Estaba vacío, obviamente. Él mismo trasladó sus pertenencias.

Grothoff reparó entonces en sor Edith:

—¿Cómo se encuentra, madre? —le preguntó.

Gonzaga y ella habían acordado que ante esos hombres sería mejor que él hubiese sido la persona que había disparado contra Shannon. Ella había guardado en su bolso la pistola de Gonzaga. Sor Edith contestó:

—Un poco aturdida aún, cardenal. Pero aliviada, también.

—Menos mal que el padre Gonzaga disparó antes que él —comentó Grothoff mientras señalaba al jesuita muerto en el piso, con la enorme pistola con silenciador al lado.

Gonzaga la había empujado con el pie para que descansase cerca del cuerpo cuando llegaran.

—Él disparó antes, sólo que no me dio. Estaba absolutamente a oscuras.

—¡Ojalá encontremos entre sus papeles la causa de tanto odio! —dijo Grothoff, conduciéndolos de regreso en su propio Mercedes.

—Ojalá, cardenal. Me temo que cuando alguien actúa con tanto odio es porque alguien atiza las brasas del infierno que es su alma. Me pregunto si algún día llegaremos a saber quién ayudaba a Shannon a arder.

—Eso espero. Y eso espera Su Santidad, también.

El silencio era roto de cuando en cuando por alguno de los cuatro, pero las palabras no bastaban para ocultar la desolación.

—Le informaré en unos minutos al Santo Padre. No se separen, por ahora. Los necesito cerca —les dijo al despedirlos en Borgo Sancto Spirito.

Sor Edith entró con ellos a la casa. El padre general abrazó a Gonzaga y se retiró a sus aposentos:

—Descansa, Ignacio. Intenta dormir un poco.

Luego se despidió con frialdad de la falsa religiosa a quien él mismo había disfrazado.

—¡Ándese con cuidado, Shoval! —le dijo.

Se trasladaron a una pequeña sala de recepción en el primer piso de la casa. Gonzaga se había servido un café y ella un vaso de agua. Shoval le preguntó:

—¿Estás bien?

—No lo sé. Estoy aturdido. Vamos mejor al hotel. Necesito un buen trago y una larga conversación. Pero tú también debes estar rendida, tal vez sólo quieras irte a descansar.

—No se puede descansar tan fácilmente después de haber matado a un hombre.

—A un asesino. En defensa propia.

—Igual da, era un hombre, ¿no?

Él no pudo contenerse, la pregunta lo había rondado desde que revisó el cuerpo sin vida de Shannon:

—¿Es la primera vez que matas a alguien, Shoval? —le preguntó Gonzaga, pensando en realidad qué poco sabía de su amiga.

—Sí.

Salieron y tomaron un taxi.

—Es cómodo el silencio contigo, Shoval. No tengo ganas de hablar.

—Yo sí, Ignacio. Necesito hablar.

Tomaban whisky. Ella lo había invitado a acompañarla a la suite. «No estamos para conversar en público», le había dicho.

Shoval se había dado una ducha y se había puesto un largo camisón.

—Menudas vacaciones a las que me invitaste, Ignacio.

—Nunca pensé que habría otro asesinato que no fuera el de Hope. Cuesta trabajo jugar al detective, Shoval. Y de no haber sido por ti, estaría muerto. ¿Dónde aprenden las médicos forenses a disparar así?

—En el kibutz, Ignacio, no en la facultad. Vivo en un país donde la muerte no es noticia. Sobrevivir es lo raro. Nada tiene que ver mi manejo de las armas con mi profesión. Estuve algún tiempo en el ejército, poco, a decir verdad. Muchas jóvenes entonces pensábamos que había que defender al Estado de Israel contra sus enemigos.

—Ahora compartimos algo más que haber estado juntos cuando explotó un coche bomba. Compartimos un cadáver, Shoval.

—¿Solamente un cadáver?

Fue ella la que se atrevió; dejó el vaso en la mesa y se acercó a la silla de Gonzaga. Lo besó con fuerza en la boca, en unos labios que tardaron en reconocer la piel de otros labios. La humedad de la mujer obligó a abrir los suyos y a tocar la lengua de Shoval con su lengua. Ella lo mordía, levemente, de vez en cuando. La boca de la mujer olía a cebada y alcohol y lo excitaba.

Sintió el calor del cuerpo que se frotaba con el suyo. Shoval tanteó con la mano encima del pantalón. Tocó el sexo de Gonzaga y lo apretó con fuerza.

Se arrancaron la ropa, aún aturdidos por el recuerdo de las detonaciones. Volvían a sonar los disparos dentro de la mente de Gonzaga. La oscuridad volvía a envolverlo, pero a la vez lo desnudaba, desprotegiéndolo.

Todos estos años había resistido a las mujeres que le habían ofrecido el reposo de sus cuerpos y había luchado también contra su propio deseo. Ahora se trataba de otra cosa.

La culpa, sin embargo, lo maniataba.

Un animal violento parecía nacer allí, entre esos dos cuerpos que se atacaban, más que amarse.

Se supo torpe y se dio pena o asco. O las dos cosas.

—No puedo, Shoval. Lo siento —le dijo mientras se apartaba.

El rostro de su amiga era más de ira que de insatisfacción. Odió por un momento a Gonzaga, su recelo, se sintió ofendida.

Él recogió su ropa del suelo como quien recupera los pedazos de su propio cuerpo deshecho. Shoval, aún desnuda, se metió entre las sábanas.

No hubo lágrimas, ni el tibio consuelo del arrepentimiento. Cuando Ignacio Gonzaga salió del baño era nuevamente un sacerdote, protegido por el almidón de su alzacuello:

—¡Lo siento, Shoval!

No había noche afuera. Sólo estaban él y sus dudas.

Salió con prisa del hotel. Cualquiera que lo hubiese visto habría dicho que se trataba de un muerto: pálido, cansado. Varios años habían transcurrido en apenas dos horas. Su cuerpo había envejecido, se sentía agotado. Caminó hacia la rotonda y tomó el metro en la estación Repubblica. Hacía tiempo que no se subía al metro. Necesitaba tiempo antes de regresar a la casa de los jesuitas. La cabeza le daba vueltas como un trompo. Una granada de fragmentación, más bien, se alojaba allí dentro, amenazando estallar.

Estaba, por supuesto, lo que recién había ocurrido con Shoval. Pero no era lo más combustible; representaba quizá la mecha, el mecanismo de activación, la cuenta regresiva del cronómetro.

El metro avanzaba con su ritmo sincopado, haciendo un ruido terrible. Rechinido de neumáticos al frenar, cascabeleo de vagones envejecidos como toda Roma. Los túneles del metro siempre le habían parecido las modernas catacumbas de la ciudad. Sólo que allí ya no se escondían los primeros cristianos, sino los pobres y los solos.

De regreso a casa.

Lo repitió en voz alta, como un loco:

—De regreso a casa.

Y cayó en la cuenta de que no tenía lugar donde regresar. No tenía casa.

¿Quién era él? ¿Un soldado de Jesús? ¿Y era ése, el suyo, el destino de todo militar, la soledad? ¿Por qué se había hecho jesuita? Tal vez sólo por encontrar un modelo de virtud, de sabiduría en medio de su orfandad. Un día tomó los hábitos, otro fue llamado a servir al padre Arrupe, uno más representó su primera investigación criminal. Y con la muerte de Arrupe, el autoexilio, la huida. Eso era él: un animal herido, escondido tras el bosque de sus hábitos negros y sus maneras cuidadas. Eso era él: un rompecabezas sin solución.

Miró a los demás pasajeros, igualmente aturdidos por los retazos de sus propias vidas. Una mujer pintada en exceso, que apenas podía ocultar las arrugas tras el carmín y la máscara violeta de los párpados, se aferraba a su bolso de mano como si allí cupiera su vida. Un borracho despedía un hedor particular al fondo, aunque todos parecían percibirlo y molestarse. Lo rodeaban su propio vómito y el vacío. Parados en el pasillo, dos jóvenes se besaban con desacato. La mano del hombre en la nalga de ella, mientras se balanceaban con el movimiento del tren subterráneo.

No. Lo de Shoval no era lo más preocupante.

Volvió el rostro de Anthony Shannon con el hilillo de sangre que le corría por los labios. Los ojos desorbitados del irlandés que le decían que no estaba solo, que había que seguir indagando. ¿Y si de verdad se trataba de un asunto entre jesuitas, como había dicho Grothoff? ¿Una trama para poner en entredicho el liderazgo del padre general y hacerse del poder en la orden? Demasiada muerte, en todo caso. ¿Y la necesidad de deshacerse de él y de Shoval? ¿Y si Shannon actuaba solo? Eso hacía aún más problemático el baño de sangre, a menos que en sus papeles pudiese hallar el motivo de tanto encono, las razones del odio.

—No sé nada aún —volvió a decir en voz alta. La anciana del maquillaje le sonrió.

Y era verdad: no sabía nada. Una serie de nombres le vino a la cabeza: Eugène Tisserant, Olimpia Maidalchini, Camilo Pamphilli, Orden Negra, Eugenio Pacelli, Enzo di Luca, Jonathan Hope, Anthony Shannon, Fritz Korth, Benito Mussolini, Adolf Hitler, Achille Ratti, Shoval Revach, Ulrich Grothoff, Sodalitium Pianum.

Los nombres llegaban, se iban y volvían como si fuesen algo más que membretes. Pero no tenían un orden y tampoco poseía una clave que los relacionara.

Repasó de nuevo cada uno de los nombres que le habían venido a la cabeza. El vagón comenzaba a vaciarse, pero Ignacio Gonzaga ya no se percataba de nada de lo que ocurría afuera de su cerebro:

Nervioso, mordía una pluma con los dientes.

Tomó la libreta, buscando sosiego. Comenzó a leer, entrecortadamente, con sus escasos conocimientos de criptología y las claves de Ari Goloboff, el amigo de Shoval en Tel Aviv. Había conseguido escribir o más bien transcribir unas diez páginas. Las fechas de los documentos ocupaban casi una década. Desde la llegada del nacionalsocialismo al poder hasta la muerte de Pío XI.

Los documentos provenían de Berlín, Münster y Munich.

Una sola carta venía de Roma; la firmaba Tisserant, el cardenal francés. Parecía un telegrama. El método de cifrado era el mismo, y él lo conocía someramente. Consistía en desplazar en la línea superior en minúscula un cierto número de letras con respecto a la inferior. El problema es que cada día se cambiaba la clave: por ejemplo, seis posiciones o diez. En eso radicaba la gracia del sistema de encriptamiento. Si el receptor conocía el número de letras desplazadas sólo invertía el proceso. Había sólo veintiséis cambios posibles.

Francesco Capaccini había sido su inventor, y el papa Gregorio XVI lo había hecho su secretario de Cifras y Claves.

Veintiséis cambios sólo si se cifraba en código amarillo. Por eso Capaccini dedicaba el mismo número de horas a romper las claves que él mismo inventaba. Entonces decidió agregar números, para complicar la tarea de los espías y para que los correos, llamados «mensajeros de Dios», no pudiesen enterarse de lo que llevaban entre las manos.

Luego él mismo escribió: «Eugène Tisserant se dio cuenta del plan para asesinar a Pío XI e intentó detenerlo. Quizá demasiado tarde. Su silencio fue roto en un diario. Sin embargo, las pruebas que culpan a Pacelli, el futuro Pío XII, no están en esas páginas que lo condenan irremisiblemente, que podrían ser sólo las elucubraciones de un resentido, sino en los documentos de la Santa Alianza.» En las cartas e informes cifrados en código verde enviados al papa Ratti desde 1933 hasta 1939, según revisó entre los apuntes que había tomado esa misma tarde, antes del asesinato.

¿Existía todavía la Orden Negra? ¿O era una estratagema de Shannon? Le quedaba claro que lo que buscaban era acabar con todos aquellos que podían esclarecer lo ocurrido aquella noche de febrero en 1939, en la que el viejo alpinista Achille Ratti había entrado en la inmortalidad.

Algo más hondo se ocultaba en medio de los terribles asesinatos que le había tocado presenciar, incluso el suyo propio, y que Shoval Revach diestramente había logrado cancelar.

Anthony Shannon quería ser un «mensajero de Dios», como aquellos que iban y venían por Europa con sus mensajes en clave. Por ello, las notas con las citas bíblicas. No deseaba el silencio. Por vez primera se dio cuenta de ello.

Había más cosas que ocultar, además de los documentos. Eran las severas leyes del *sub secreto pontificio*, aquellas que exigían la total sumisión y el absoluto ocultamiento, las que habían hecho que se borraran uno a uno los asesinatos. Era estúpido no haberse dado cuenta. Nadie se toma la molestia de variar la forma de la muerte, de estudiar la frase con la que se advertirá de lo ocurrido a los primeros testigos del asesinato. Ahorcar, decapitar, colgar. Demasiados problemas para quien sólo busca deshacerse de la verdad. Había otra verdad que Anthony Shannon quería sacar a la luz con su absurda carnicería.

Entonces se dio cuenta del tiempo transcurrido. El conductor del metro anunciaba que habían llegado a la terminal y que todos debían bajarse.

Regresar al Vaticano le llevó dos horas.

16

Ciudad del Vaticano, 1938

Pío XI había ordenado algo más que la redacción de otra encíclica. Las atrocidades de Hitler se multiplicaban. Sembraba odio, lo poseía la ira. Junto a él, Mussolini era un niño de brazos, pensó. El mal había encarnado en ese hombre y la Iglesia debía combatirlo con toda su fuerza, pasase lo que pasase.

El costo, de cualquier manera, recaería en un papa anciano, a punto de morir, que se llevaría a la tumba el precio de su cobardía o de su osadía, comoquiera que la historia lo juzgase. Ratti pasó por encima del padre general de los jesuitas. Necesitaba dos teólogos cerca que le ayudaran en la empresa, y los quería en secreto.

Eugenio Pacelli no debía saber nada acerca del documento: nadie debía impedirle esta vez decir las cosas con su nombre y expresar algo más que profunda preocupación.

Se lo había dicho Von Faulhaber. Eran tiempos de guerra.

Él estaba dispuesto a actuar.

Su arma iba a llamarse *Humani generis unitas*, y debía demostrar justamente eso, la unidad de la raza humana. Llamó a su nuevo secretario, el padre norteamericano John LaFargue, quien llevaba un año acompañándolo. Fue el padre general quien le recomendó al jesuita, sin saber el servicio que podría hacerle como pensador, no sólo como amanuense. LaFargue había escrito un libro muy importante pero adelantado a su tiempo, *Justicia interracial,* que el papa leía por las noches. Estaban en Castelgandolfo. El papa cada día aborrecía más el Vaticano, se sentía asfixiado, como en una mortaja. Cuando Hitler visitó Roma él se encerró a piedra y lodo. Ordenó expresamente a *L'Osservatore Romano* que no publicase una sola línea sobre la visita.

—Son los ángeles caídos. Los hermanos endemoniados. Van a llevar a este mundo a la ruina —le dijo entonces al cada vez más distante Pacelli.

Ahora, casi siete meses después de ese mayo desagradable, volvía a retirarse, como si estuviese ya muerto.

Al llegar, su secretario apenas lo saludó. Necesitaba desesperadamente hablar con alguien. Sus espías le habían enviado un nuevo informe, esta vez insoportable. No podía guardar el secreto, le era preciso compartirlo con otra alma, la única forma de desprenderse de sus llamas:

—He recibido otro informe secreto, padre LaFargue. Es aún más atroz que los anteriores. Quiero comentarle algunas de las informaciones, sólo para que sepa con qué clase de mal estamos tratando. Deseo prevenir al mundo acerca de Hitler y Mussolini. El Vaticano, lamentablemente, cayó en la tentación de estas dos encarnaciones del demonio, padre. Estoy seguro de que se trata del mal verdadero. Es una prueba dura para un pontífice, habrá de entenderlo.

—Por supuesto. Lo escucho, Santidad.

—¿Sabe cómo se llama el nuevo proyecto científico de nuestros amigos nazis? *Vernichtung lebensunwerten Lebens*: destrucción de las vidas que no vale la pena ser vividas.

—Una forma sutil de llamar a una extraña eutanasia.

—Una forma rebuscada, más bien. ¿Quién sino Dios puede saber si una vida vale la pena ser vivida? ¿Se da cuenta que estos hombres han decidido suplantar la voluntad divina?

—¿Y dónde ocurrirá?

—En el mismo lugar que le mencionaba antes con respecto a la inseminación artificial que asegura la descendencia aria pura, el Rasse-Heirat Institut.

—Es atroz, Santidad.

—Cualquier calificativo se queda corto, padre. Lo primero que han hecho es eliminar los que llaman *Unnutze Esser*, bocas inútiles: ancianos, enfermos mentales y enfermos incurables.

—Continuarán con todo aquel que no les parezca apto o puro.

—Eso me temo. La teoría de esta primera fase es que se trata de personas que consumen mucho y no producen nada. Están enviando allí a todos los enfermos crónicos. Piensan vaciar los asilos y los hospitales.

—¿Quién toma la decisión? ¿Quién guía este macabro duelo?, ¿el Führer mismo?

—Según mis informantes, son médicos, conocidos como T4.

—Siempre colocan siglas para sus llamadas soluciones éticas. Fórmulas asépticas.

—Le leo la descripción del lugar que he recibido: el castillo es un edificio imponente y amenazador. Construido en el siglo XVI, cuenta con cuatro torres y varias hileras de ventanas. Un mayordomo del castillo me ha revelado que tras la verja protegida por guardias de las SS se pasa a un gran patio decorado con columnas. Los habitantes de Alkoven me han dicho que, aunque es un sanatorio, les extraña no ver nunca pacientes.

—¿Cómo los llevan, entonces?

—En camiones cerrados, por las noches. Como si fuesen cosas, o mercancía. Pero hay otros lugares: en Sajonia, Limburg, Brandemburgo y Linz.

—¿Cómo los matan, Santidad?

—Una inyección letal. Luego un hombre los fotografía y les quita el oro de la dentadura, que se envía a Berlín. Eliminan alrededor de treinta cada mañana.

—¿Se da cuenta?, es como si estuviesen provocando el Juicio Final.

—Se lo dije, LaFargue. Han adelantado el Apocalipsis. Por eso la nueva encíclica es tan urgente. Además, Clemens August von Galen se nos ha adelantado, ha hablado en el púlpito. En su última homilía ha denunciado a Hitler.

—¡Está firmando su sentencia de muerte!

—No lo creo. Hitler es temeroso, y el cardenal es un hombre muy reputado en Alemania. Además, tiene mi protección. ¿Se arriesgaría el Führer a romper públicamente con el Vaticano? Lo dudo.

—Pueden hacerlo pasar por un accidente, Santidad. Cualquiera puede morir en una carretera, mientras conduce su auto.

—Es cierto. La valentía de Von Galen me llama a actuar. Nosotros no podemos seguir en silencio. Tiene usted toda la Navidad para escribir la encíclica. La revisaremos en Año Nuevo. Usted y yo, solamente. No quiero que nadie se entere.

—Lo entiendo.

—Le leeré lo que dijo Von Galen, para que se dé una idea del tono que quiero utilizar: «Se trata de seres humanos, de nuestros semejantes, de nuestros hermanos y hermanas. Pobre gente enferma, ¿por qué han perdido el derecho a la vida? ¿Tienes tú, tengo yo, el derecho a vivir sólo si parezco productivo, si soy reconocido como tal por los demás? Si se establece o se garantiza el principio de que es lícito asesinar a los hombres improductivos, entonces, ¡desdichados de nosotros cuando seamos viejos y débiles a causa de la edad!»

—De acuerdo, Santo Padre. El argumento será, sin embargo, teológico: a los ojos de Dios, los hombres somos una sola especie. Somos todos plenamente iguales.

»Tenga presente el Evangelio de Mateo: «Ay de vosotros, escribas y fariseos, hipócritas que os parecéis a los sepulcros blanqueados, hermosos por fuera, pero llenos por dentro de huesos de muertos y podredumbre. Así también vosotros por fuera parecéis justos a los hombres, pero por dentro estáis llenos de hipocresía y de iniquidad.»

—¿Por qué lo dice, padre?

—Porque nosotros mismos hemos cobijado esa injusticia en nuestros palacios. Con nuestras acciones hemos negado todo lo bueno que hay en la Iglesia. Ojalá no sea demasiado tarde para arrepentirnos, padre.

—Nunca es demasiado tarde si se actúa con honestidad.

Se hizo un denso silencio que el papa desvaneció con una orden:

—Ahora dejemos la conversación. El padre Di Luca me espera en el observatorio. ¿Desea acompañarnos?

John LaFargue asintió, aunque lo que menos deseaba en ese momento era contemplar las estrellas.

La perfidia judía estaba a punto de olvidarse por culpa del timorato de Ratti, se dijo Pacelli: había que hacer algo, y pronto.

Uno de los espías le había confirmado la reunión del papa con LaFargue.

Tan pronto estuvo solo en su despacho, Pacelli golpeó

el escritorio con todas sus fuerzas. Pensó en Bernardino Nogara. A él, más que a nadie, se le complicarían las cosas si dejaba de recibir el *Kirchensteuer* de Alemania.

El banquero pronto ideó la solución:

—¡Cambiemos de médico!

—¿Con qué objetivo?

—El papa se recupera un poco todos los días. La única manera de evitar la nueva encíclica consiste en apartarlo del camino. El impuesto alemán nos representa cien millones de dólares anuales.

—Pero él no querrá apartarse —Pacelli hizo una pausa—. A menos que...

—Ratti es viejo. Hay que debilitarlo, solamente. Necesitamos cambiar a todas sus ayudas de cámara. El tiempo hará el resto. Inutilizado por la enfermedad, además, no podrá asistir al sínodo ni leer el texto.

—Lo del médico lo veo más complicado.

—Yo tengo la persona. El resto lo dejo en sus manos, cardenal.

—¿De quién se trata?

—Del doctor Francesco Petacci.

—¿Algo que ver con Clara?

—El hermano.

—Espero que sea un médico reputado. Ratti no aceptará menos.

—El problema central del pontífice es el corazón y Petacci es uno de los más conocidos cardiólogos de Italia. No habrá problema. Aunque con tantas suspicacias del pontífice acerca de Mussolini, habría que ocultarle que es cuñado del Duce.

—Le deberemos algo más que dinero a la familia Mussolini.

—Por supuesto. Nadie renuncia a estar cerca del pontífice.¿Se imagina la reputación del doctor Petacci después? Nadie, en cambio, desearía contratar como médico de cabecera a un soplón. Así que está obligado a ser prudente.

—Lo comprendo. Aunque de todas maneras he de confiarle que me parece peligroso.

—Lo entiendo, eminencia. Pero tenemos que correr el riesgo. ¿Tiene otra solución menos comprometedora?

El cardenal negó con la cabeza.

Nogara quedó en buscar al médico esa misma tarde, se despidió de Pacelli, estrechándole la mano. Al cardenal cada día le molestaba más el contacto humano. Tan pronto se retiró Nogara, pasó al cuarto de baño, donde se lavó las manos profusamente.

Mientras lo hacía pensó en Bernardino. ¿Tenía alguna vida el banquero? ¿Alguna pasión que no fuera la eficiencia? No, que él supiera. No se le conocía nada que pudiese parecer una vida privada. La Santa Alianza lo había espiado con esmero: nada que no fuese trabajar y rezar. Salvo los domingos por la tarde, en que la rutina se rompía para ir al cine. Amaba particularmente los filmes norteamericanos, según sus informantes.

Nunca solicitó los servicios de una prostituta. No se le conocía escándalo alguno, publicación en su contra.

¿Amigos? Tampoco, a no ser por su tío Giuseppe, arzobispo de Udine, en la frontera con Yugoslavia, con el que se carteaba a menudo y a quien veía en Roma de vez en cuando. ¿Relaciones económicas? Sólo las que podrían proveerle al Vaticano algún dividendo; siempre con la nobleza, como el conde Paolo Blumenstil, el barón Francesco Maria Odasso. Además de pedirle al papa que ningún cardenal interviniese en el Istituto per le Opere di Religione, sólo había puesto otra condición: un salario ínfimo con el que vivía modestamente, que le obligó a cambiar su apartamento en Roma por un cuartucho en el Governatorato que acababa de construir. Era una máquina aceitada con el único fin de servir a Dios.

¡Y lo hacía de maravilla!

Además de la Biblia, sólo leía un libro que estaba siempre en su mesa de noche, como un misal: *La Divina Comedia*. Se había ganado un apodo: el *Gnomo del Vaticano*.

Pacelli terminó de lavarse las manos; le llevó cinco minutos. Luego pasó a los dientes. Seis o siete veces al día se cepillaba la dentadura. Le traían el dentífrico, que fabricaban para él personalmente. Aún así, al poco rato volvía a sentir el sabor amargo en la boca, el resabio a metal, como si hubiese comido cobre.

Y las moscas: estaba seguro de que transmitían todas las enfermedades comunes. Odiaba las moscas. Dedicaba parte de su tiempo a matarlas, y en su oficina había trampas especiales para atraparlas y eliminarlas.

Su odontólogo le había recetado una solución para enjuagarse la boca, aunque de todos modos las encías le causaban fuertes dolores. Como los de su estómago. Otro médico ya había diagnosticado el mal: gastritis crónica.

Tal vez el que necesita el médico sea yo, pensó con tristeza.

Pío XI se despidió de LaFargue y del joven padre Di Luca. Siempre le había impresionado el intelecto de los jesuitas, aunque recelaba de la maldad de algunos. Los dos sacerdotes que ahora lo acompañaban eran el epítome de la fe dedicada al estudio. ¡No matarían ni a una mosca!

Se sentía cómodo con ellos.

Entró en su habitación. Cada día le costaba más trabajo comer. No probó bocado. Apartó la mesita que habían colocado cerca de su cama y se recostó a leer un manuscrito que ocultaba en una bolsa colgante de su cuello.

Era la expresión sincera de su arrepentimiento. Quizá tardío —se decía mientras lo leía—, pero sincero. Es sólo eso lo que se necesita para librarse del infierno, que la culpa lleve al verdadero arrepentimiento. En su caso requería, además, borrar con acciones sus actos antiguos, muestra de debilidad humana, de orgullo terrenal. ¡Había querido salvar al Vaticano y por ello había obrado mal!

En secreto, Pío XI redactaba otro texto que pensaba leer un día antes de que se publicase su encíclica. Lo había titulado *Nella luce*.

Como estaba escrito en el Éxodo: «Habrá tinieblas tan densas sobre la Tierra que se podrán palpar.»

Achille Ratti era un hombre común que había pecado y que podía tocar el mal en la Tierra. Las tinieblas del fascismo.

Ahora él pensaba decir, lisa y llanamente, que la ideología fascista era incompatible con las enseñanzas de Jesús.

Ésas serían sus últimas palabras, estaba seguro, pero debía hacerlo.

17

Muy de madrugada, Ignacio Gonzaga llegó a su habitación en Borgo Sancto Spirito. Se dio un largo baño y se acostó pesadamente en esa cama impersonal. El colchón durísimo lo recibió sin piedad. Había intentado rezar, sin conseguir concentrarse en la intención de su plegaria, ni siquiera en las palabras del avemaría. Las notas que había tomado en el metro le rondaban por la cabeza, perturbando cualquier posible sueño.

Encendió la luz e intentó acomodar la almohada para leer. Entonces vio un sobre que alguien había dejado allí en algún momento del día: era de Enzo di Luca.

Tres folios escritos sin prisa. Unas cuantas líneas interrumpidas por el miedo. Quizá los estaba terminando antes de hablarle por teléfono. O un poco después, cuando cortó.

«Gonzaga», había escrito como único encabezado, para luego simplemente afirmar:

La Orden Negra existe. No tengo idea de si son once o esta vez se limita a unos pocos. Estoy seguro de que no actúan solos. Reciben órdenes. En esta casa habita uno de sus miembros: Anthony Shannon. Hoy lo he descubierto. Le escuché una conversación telefónica.

Soy el siguiente, como dijiste. Espero que llegues antes de que sea demasiado tarde. Podría correr, pero es inútil. Soy un anciano y no llegaría a la puerta.

A Hope lo mató Shannon, igual que a Korth. Dudo que al banquero. Habían hurgado en mis cosas, pensando que las notas de Jonathan estaban en mi poder. Luego se enteraron del envío a Basilea. ¿Por qué hablo en plural? No lo sé. Dudo que Shannon actúe por su cuenta, te lo he dicho ya.

Eugène Tisserant fue un pacato. Él supo que Eugenio Pacelli había estado detrás de la muerte de Pío XI. Yo también. Era su confesor.

Te preguntarás cómo. Fui su astrónomo en Castelgandolfo. Me utilizaba para desahogarse del peso enorme de ser papa. Jugábamos billar todas las tardes. Luego me pidió que lo confesara y me contó el secreto que guardé celosamente, por tratarse de una confesión.

¿Qué secreto?, te preguntarás.

A estas alturas debes de tener el rompecabezas muy construido. Achille Ratti estaba convencido de que Mussolini y Hitler era las encarnaciones del mal. Ángeles caídos enviados por Lucifer.

Demasiado tarde, por supuesto. Había aceptado sus regalos. Millones de liras y marcos que salvaron a la Santa Sede. Eso le impedía vivir.

Escribió una carta pastoral, Nella luce. Y una encíclica, junto con el jesuita John LaFargue.

Pacelli buscó impedir su promulgación. Probablemente lo asesinó. O eso pensaba Tisserant. El caso es que el francés nunca habló; aceptó las canonjías del nuevo papa.

Hope encontró fragmentos de su diario. Se había obsesionado al revisar los documentos de la Santa Alianza y el Santo Terror en el Archivio Segreto.

Transcribió todas las pruebas contra Pacelli cuando el secretario de Estado le había pedido, más bien, encontrar los documentos que mostrasen que había salvado a muchos judíos en Castelgandolfo.

No es cierto o sólo parcialmente. Pío XII llevó a su casa de descanso a judíos conversos, como el propio banquero del Vaticano, Bernardino Nogara. Hombres ricos que colaboraban en los prósperos negocios de la Santa Sede.

Y no sólo calló, como se cree. Espió, intrigó y protegió al fascismo y al nazismo.

Eso es lo que me contó poco antes de morir. Te preguntarás con razón por qué no te lo dije desde el principio. Porque creí que los asesinatos pararían pronto y tu ignorancia sería tu salvación.

Sólo hoy me di cuenta de que no terminarán hasta acabar conmigo y también contigo y con tu amiga, la religiosa.

No debe quedar huella alguna, decía Shannon en el teléfono.

Borrarán la memoria sólo para beatificar al papa Pacelli.¿Por qué se empeñan? Está claro: porque con él se limpia al Vaticano de su participación en la segunda guerra mundial.

El Señor podrá perdonarlos. Yo no sé hacerlo. El papa sabía que lo iban a matar

¿Cómo? Hope lo sabía. Es muy triste que sus notas se hayan perdido. Ahora no lo sabremos nunca.

La supervivencia del Vaticano depende de muchos artilugios, entre ellos el de la mentira. Como se lee en el Apocalipsis: «Cuando se hubieren acabado los mil años, Satanás será soltado durante algún tiempo y saldrá para seducir a las naciones de los cuatro puntos de la Tierra..., cercarán el campamento de los santos y la ciudad amada.

He amado esta ciudad, Ignacio, y ahora...

Allí se interrumpía el texto. Pero aún así, tuvo tiempo de meterlo en el sobre y esconderlo bajo la almohada de Gonzaga.

Debía repasar sus propias notas.

Shannon había acabado con la vida de Hope, Korth y de Enzo di Luca. Alguien más estaba detrás del asesinato en Basilea.

Dos hombres a quienes no les preocupó ser identificados por las cámaras del banco. Los dos hombres del Lancia Delta azul, seguramente.

¿Quién los había contratado? ¿El propio Shannon?

Apagó la luz y se revolvió entre las sábanas, como un pulpo atrapado que no logra más que arrojar su tinta inútil. Incapaz de escapar.

Hay noches en las que es imposible dormir.

El secretario de Estado los había llamado a su lado, por petición del Santo Padre. Una reunión privada sellaría el agradecimiento de la curia al trabajo de Gonzaga y de sor Edith y a su valerosa ayuda en el esclarecimiento de los hechos, les había anunciado Francescoli por la mañana.

—Lo que menos deseo es departir con el secretario de Estado, Pietro.

—No tienes alternativa, Ignacio. El padre general también está invitado: sólo los cuatro.

—Veré si logro escaparme del compromiso.

—Yo cumplo con avisarte. Los espera dentro de dos horas.

Quedaron de verse frente al obelisco egipcio. Desde allí entrarían juntos al Palacio Apostólico. El padre general le dio un gran abrazo:

—Felicidades, Ignacio.

—Hubiese preferido que nadie muriera, padre. No considero esto ningún triunfo.

—Digamos que al menos nadie más morirá.

—No estoy tan seguro —dijo.

«No conocemos el móvil de Shannon», pensó, pero no

se atrevió a enturbiar la paz de su superior, tan precaria por esos días.

—Me está diciendo que no cree que Shannon actuara por su cuenta.

—Casi le diría que estoy seguro.

—Grothoff sugiere que se trata de algo que sólo nos compete a nosotros. Un asunto de jesuitas. Me lo ha sugerido al menos dos veces.

—¿Y le ha dicho de qué se trata?

—Cree que puede ser un simple intento de debilitarme para que el papa intervenga como lo hizo con Arrupe.

—Eso fue por otras razones, usted bien lo sabe.

—No estamos discutiendo eso, Gonzaga. ¿Usted qué opina de la teoría de Grothoff?

—Quisiera creerla. Algo le falta, sin embargo.

Subieron por el ascensor privado. Un guardia los había escoltado desde la entrada. El padre general aún podía abrir muchas puertas en el Vaticano. Y cerrar muchas otras.

Grothoff los invitó a pasar uno a uno.

Se hallaba sentado en una enorme silla. Los llamó con una seña.

El padre general entró primero.

—He de felicitarlo, padre Gonzaga. No apruebo aún la idea peregrina de desperdiciar su talento en Jordania, he de decirle. Nosotros lo necesitamos permanentemente en el Vaticano. Ésta es la Ciudad Santa, es cierto, pero también un lugar lleno de pecadores —dijo el secretario de Estado.

Guardó silencio. Nadie se atrevió a hablar.

—¿Y usted, sor Edith? Merece también nuestro agradecimiento —señaló a la religiosa.

—Ha sido inesperado, por decirlo de alguna forma.

—¿No será usted otra alma descarriada? En Haifa o Tel Aviv. No sé dónde.

—En Tierra Santa también hay pecadores, cardenal —dijo la monja.

—Es cierto, pero no entiendo la particular cruzada de Gonzaga. Menos aún la suya. Es médico, ¿verdad?

—Así es. Trabajo en un hospital. Sirvo, más bien, a mis huérfanos —hablaba en alemán, como habían quedado desde el principio, cuando acompañó a Gonzaga al Vaticano.

—Pero dejémonos de reproches. Los he llamado para agradecer sus servicios al Vaticano a nombre del papa. Han conseguido apartar una hierba podrida de la casa del Señor y eso es invaluable —se detuvo nuevamente, como si necesitara pensar sus palabras. Miró al padre general y le preguntó—: ¿De dónde salió Shannon?

—De Irlanda, cardenal. Tenía un mes en la Ciudad Eterna.

—Me extraña la coincidencia de tiempos, padre general. Por esas mismas fechas le pedimos a Hope que iniciara sus investigaciones sobre Pío XII —comentó el secretario de Estado.

—Dos meses al menos —comentó el padre general—. Desde ese momento se consagró exclusivamente a su investigación.

—No queríamos ilusionarlo hasta que estuviese empapado de la vida de Eugenio Pacelli. Lo estábamos preparando para que se hiciese cargo del proceso de beatificación.

—¿Pensaban en Hope como postulador de la causa? —inquirió Gonzaga—. Y si encontraba pruebas en contra de Pío XII, ¿qué pensaban hacer?

—El postulador es más que un hagiógrafo, Gonzaga —dijo el secretario de Estado—; yo diría que se trata de un abogado del diablo. Por eso necesitábamos una mente como la de Jonathan Hope, capaz de entender. La comprensión es el único camino hacia el perdón.

—¿Habría que perdonar a Pacelli por algo?

—A todos los hombres. No sea soberbio, Gonzaga —intervino Grothoff—. ¿Usted no ha cometido ningún pecado?

—Ninguno del que no me haya arrepentido a tiempo.

—Ha usado usted la palabra justa: arrepentimiento. Luego reconoce que está en su propio carácter humano: pecar, me refiero —dijo Grothoff.

El padre general había permanecido callado. Prefirió no intervenir sino con una apostilla:

—El pecado existe aunque no lo reconozcamos.

—El juicio siempre debe empezar por la casa de Dios, por nosotros —dijo el secretario de Estado—, no ver la paja en el ojo ajeno, ¿recuerda?

Gonzaga había decidido no polemizar. Aquellos hombres, sin embargo, lo miraban con la esperanza de que dijese algo. El silencio era incómodo.

—Quien no sabe que ha pecado, no conoce la culpa —dijo al fin.

—Dios es quien juzgará a los culpables, no los hombres. Ni siquiera un jesuita —intervino el cardenal Grothoff, y luego se disculpó con el padre general por la ironía de su comentario.

Su comentario pareció perturbarlos a todos. Gonzaga, al menos, pensó que algo ocultaba, siempre había desconfiado de Grothoff.

El secretario de Estado se veía cansado. Se llevó una mano al rostro y dijo:

—Pero no han venido para esta clase de moral. He de volver a felicitarlos. No es fácil remover la cizaña del trigo. Ahora podremos vivir tranquilos.

Eso quería decir que pensaban continuar con el proceso de beatificación de Eugenio Pacelli. Gonzaga se atrevió:

—Cardenal, ¿seguirán con la idea de iniciar el proceso de canonización de Pío XII?

—Por supuesto, es el deseo de nuestro pontífice. ¿Desea regresar a Roma para sustituir a Hope como postulador de la causa?

—No, no —respondió con prisa— nada más ajeno a mí que buscar el regreso. Lo único que deseo es volver a Jordania, donde hago tanta falta.

—Me gustaría decirle que es el padre general quien decide dónde hace usted falta, Gonzaga, pero no deseo meterme en jurisdicciones que no me pertenecen —dijo Grothoff—, y ya tengo demasiados hijos pródigos que atender. Aunque por lo que parece el padre general no puede controlar muy bien a los suyos, ¿no le parece?

El general no se atrevió a contestar.

Estudiadas sonrisas por parte de quienes allí se reunían.

Uno a uno se despidieron: genuflexión, sonrisa nuevamente.

El último en salir fue Gonzaga. Grothoff estaba muy cerca de él, casi podía sentir su aliento en la nuca cuando, a manera de despedida, le dijo:

—*Sedi cum viris vanitatis.*

«Que no tenga que avergonzarme.» Y le tocó la mejilla, simulando una cachetada.

El padre general se despidió de ambos.

El sol caía sobre la plaza de San Pedro. Turistas y curiosos, vendedores y burócratas del Vaticano cruzaban la enorme explanada. Gonzaga se puso sus lentes oscuros.

Shoval Revach, la hermosa oculta tras el blanco hábito. Tenemos tanto de que hablar, pensó él sin decírselo.

—Ignacio, necesito hablar contigo —se atrevió ella.

Caminaron hacia un café cercano.

Ninguno de los dos se atrevía, sin embargo, a dar el primer paso. Lo que había ocurrido la noche anterior era una pesada cortina que los obligaba al rodeo, al circunloquio. Habían sido dos cuerpos, no dos que piensan, se dijo Gonzaga mirándola a los ojos. Luego lo parafraseó, temeroso:

—Dos cuerpos desean, Shoval, y pueden perderse. Pero he aquí que poseemos voluntad. Y la voluntad nos contuvo. Fue lo mejor.

—¿Estás seguro?

—No podemos dejar a nuestros cuerpos que decidan, como si tuviesen voluntad propia.

—No creo que hayan sido tan sólo nuestros cuerpos los que ayer se acercaron. ¿Eres sólo un cuerpo, Ignacio?

—No me confundas. Porque no soy sólo un cuerpo es que te digo que fue mejor así.

—¿Hasta cuándo seguirás huyendo? Porque eso fue lo que hiciste anoche: salir corriendo como una liebre asustada.

—No huyo.

—¿De qué tienes miedo?

—No es miedo, ¡maldición! Es prudencia. ¿Hace cuánto tiempo que nos conocemos?

—Diez años, poco más, quizá.

—Te considero mi única amiga. No quiero perder eso. Te recuerdo, además, que he hecho unos votos. Que creo en mi vocación.

—¡Nadie está hablando de tu vocación aquí, no la uses como escudo!

—De verdad, Shoval. He resistido muchas tentaciones.

—No soy una *tentación*, Ignacio, no me descalifiques. Negarme es pretender que yo no existo. Y yo estoy aquí. ¿Me ves?

Le tomó la mano y la llevó a sus labios...

—¡Tócame! ¿Soy una tentación?

—Hablaba en sentido figurado, Shoval. No es posible que estemos teniendo esta conversación, justo aquí, a unas calles de mi casa.

—Otra vez escapas. Huyes. Intentas protegerte tras tu alzacuello. Déjame preguntártelo de forma distinta: ¿has amado alguna vez, Ignacio Gonzaga?

Otra vez se quedó callado.

Shoval Revach se enjugó las lágrimas. Era fuerte. No iba a dejar que el jesuita le ganara:

—Volvamos al principio, entonces. Hablabas de tu vocación. Nada tiene que ver el amor con la vocación, ¿o sí? Me amas y la estúpida castidad de los católicos es lo único que te impide compartir conmigo ese amor.

—Hemos llegado muy lejos, Shoval.

—No. En eso también te equivocas. Éste no es un mundo para timoratos. No te has atrevido a nada. Eres un cobarde.

Shoval Revach se puso de pie y lo dejó allí, hablando solo. Minutos después él pagó la cuenta y salió. Necesitaba pensar. Tal vez una caminata sería lo más adecuado. No deseaba regresar a Borgo Sancto Spirito.

No deseaba tampoco estar vivo.

Caminó cerca de media hora. Sin darse cuenta lo hacía en círculos concéntricos que lo devolvían una y otra vez a su punto de partida. Una y otra vez pasó por via Cola di Rienzo hacia la piazza dei Quiriti.

Frente a la fuente de las cariátides creyó ver a alguien siguiéndolo.

Con seguridad le habría parecido errático el ir y venir de Gonzaga.

Gonzaga dio vuelta y tomó la via Silla. Al llegar al número veintiséis entró al restaurante Ragno d'Oro.

Pidió una mesa junto al ventanal.

Si lo vigilaban, él también quería ver a su cazador. Que supiera que estaba al tanto de que era perseguido.

—*Risotto di pesce* —pidió— y una copa de *nebbiolo*.

No tenía apetito, sin embargo.

Sonó su móvil.

—Tenemos que hablar, Gonzaga —era Francescoli.

Le dio los datos de la iglesia donde debían verse, del otro lado del río. Pietro sabía exactamente dónde estaba él. Quizá, incluso, era quien lo estaba siguiendo. O uno de sus hombres. Con su poder podría haber pedido cerrar la iglesia para encontrarse a solas con él. Seguía sin hambre.

Tampoco tenía miedo: por vez primera había dejado de temer. Como en todas las *trattorie* turísticas, la comida estaba ya preparada, se la sirvieron en menos de cinco minutos. No tenía color; sin embargo, el sabor no era del todo malo. Dio sólo unos cuantos bocados.

Intentó hablar por móvil con Shoval. No le contestaba el teléfono. Mandó un mensaje de texto casi críptico: el nombre de la iglesia y la palabra «Ayuda». Probó entonces con el padre general, quizá dormía la siesta: el buzón entraba directamente. Aun así, dejó un recado preciso.

Le dijo dónde estaba y los movimientos que pensaba hacer: «Ojalá escuche este mensaje antes de que sea demasiado tarde.»

Su voz no reflejaba temor alguno. Era precisa, como si hablase de otro y no de sí mismo.

No comió más. Se bebió el vino en dos tragos.

Pagó y salió con prisa, quería regresar a casa o enfrentarse a quien fuera. Tomó sin embargo hacia el lado contrario del Vaticano: via Germanico; y luego, cuando vio que alguien intentaba darle alcance, corrió por Pompeo Magno hasta alcanzar el ponte Regina Margherita.

Aparentemente lo había perdido de vista. Como si fuese su único refugio, se metió a la basílica de Santa Maria del Popolo, como Francescoli le había señalado, y fingió rezar. El lugar, como se lo había imaginado en el restaurante, estaba casi vacío. Escuchó la pesada puerta de madera que se abría.

No vio a nadie entrar.

Gonzaga se volvió a sentar en la banca para pensar en su siguiente movimiento. Antes de poderse mover escuchó una voz a sus espaldas y sintió el cañón de la pistola, frío, sobre su nuca.

Reconoció la voz y preguntó, presa del susto.

—¿Por qué, Francescoli?

—Mataste a Shannon, ¿te parece poco?

—A él lo habías enviado a liquidarme. A mí y a sor Edith. ¿Por qué tanto odio? ¿A quiénes sirves, Pietro?

—No me trago el cuento de tu monja. Sé que es una judía. Se llama Shoval Revach. La hemos investigado.

—¿Hemos? ¿Quiénes?

—La Orden Negra. Eres lo suficientemente idiota como para no darte cuenta aún, Ignacio.

—No me creo tu teatro, Pietro. No existe tal Orden Negra. Es una patraña que inventaste para sacudirte de encima a quienes odias.

—Así que una invención. Habrás de pagar tu soberbia, Ignacio. Y no terminaré aquí; seguiré con tu amiga. Cállate de una buena vez.

—¿Qué ganas?

—¿No lo ves? ¿No has leído ninguno de los mensajes, acaso? Hay que remover más en el fango para que el Vaticano despierte y se dé cuenta del pecado.

—¿Quién te crees, Francescoli, para juzgar a los demás? De verdad que no te creo. Tal vez tenga razón Grothoff y toda esta patraña es para quedarte con el puesto del General, al mostrarlo incompetente frente al papa.

—¡Insolente! —le dijo con cierta teatralidad Francescoli. La perorata lo había exasperado.

Gonzaga hizo dos movimientos sincronizados: se tiró al suelo al tiempo que con el cuerpo empujaba la banca, lo que descompuso por un momento los planes de Francescoli.

Salió a gatas.

El hombre alcanzó a verlo y le gritó:

—Despídete, Ignacio. He oído suficiente.

Gonzaga alcanzó al fin a levantarse, atemorizado, junto a una columna. Se había golpeado al querer escapar, ahora se tambaleaba por el dolor.

Salió de su escondite.

Entonces Francescoli, también presa del pánico ante la inminente huida de Ignacio, disparó por vez primera un arma.

La bala golpeó el hombro de Ignacio Gonzaga, salpicando de sangre la piedra de la columna.

Un segundo disparo no consiguió darle, pero en su miedo se agachó y vino a golpearse con la pila de agua bendita. Mientras caía y perdía conciencia, aturdido por el dolor, vio a Shoval y al jefe de la Guardia Suiza. Miró el arma del guardia, que apuntaba a Francescoli y le gritaba.

Sonó un tercer disparo, pero ya había perdido el sentido.

El jefe de la Guardia Suiza logró desarmar a Pietro Francescoli. Había disparado al aire, pero fue suficiente para asustarlo. Se hincó, entregándose. Lo sacó de allí tan rápido como pudo, encargándole a Shoval a Gonzaga.

De civil, el jefe de seguridad del Vaticano metió en su auto al jesuita y lo llevó de inmediato a la Penitenciaría Apostólica, alejándose a toda velocidad de la piazza del Popolo por la via di Ripetta.

Shoval aguardaba la ambulancia.

Las heridas eran leves, lo que la tranquilizó. La bala apenas había rozado el hombro de Gonzaga y de la cabeza manaba un aparatoso chorro de sangre producto del golpe al caer. Nada que con unos puntos no cicatrizase pronto.

¿Serían once, realmente? ¿Terminaría en algún momento la persecución?

Había informado con precisión de lo ocurrido, pero pronto debería volver a Tel Aviv. Quizá sólo hasta que Gonzaga se recuperase. Tal vez aún podrían volar juntos de regreso.

Dejó de pensar. Besó suavemente al hombre inconsciente y sangrante que descansaba sobre sus brazos.

Algunos curiosos se acercaban, rodeándola.

La sirena de una ambulancia rompió el encanto de la escena, haciéndola percatarse de que la inmovilidad no era sino una ilusión.

18

Ciudad del Vaticano, 1939

Pío XI había dedicado los primeros días del año a revisar con dedicación y cautela el texto de LaFargue, agregando una frase final:

Condenamos la lucha por la pureza racial que segrega a nuestros hermanos judíos. La consideramos un acto de inhumanidad. La persecución de los judíos es a todas luces reprensible, aunque los ciegue a ellos mismos su sueño de enriquecimiento y éxito material.

LaFargue había dado con algo que a Achille Ratti le parecía central y había subrayado para sí; deseaba utilizarlo en su texto *Nella luce.*

Al negarles la protección legal contra la violencia se está tratando a personas inocentes como a criminales, aunque hayan obedecido escrupulosamente las leyes de su territorio natal. Aun aquellos que en tiempos de guerra combatieron por su patria con bravura son tratados como traidores, y los hijos de quienes dieron la vida por su país, considerados forajidos por el solo hecho de su parentesco.

Los informes de la Santa Alianza eran cada vez más alarmantes. Pío XI sentía la inminencia de la guerra nuevamente sobre Europa.

A pesar de los esfuerzos de Pacelli por mantenerlo aislado, sólo en contacto con su médico Francesco Petacci, Pío XI logró que lo acompañaran cuatro doctores más y dos religiosas en esos días.

Sentía que peligraba su vida. Enero era un mes frío, inclemente en el Vaticano, y su corazón estaba viejo y congestionado. Debía cuidarse. Extremar precauciones.

Su voz sonaba cansada en las emisiones de Radio Vaticano, que tanto le agradaba realizar.

Amanecía esa helada mañana en el Vaticano y Achille Ratti apenas podía levantarse de la cama. Una religiosa que le había velado el sueño se dio cuenta de que el papa despertaba.

Le ofreció un vaso de agua y salió a llamar al doctor Petacci.

Con él venía el cardenal Pacelli. Le pidieron a la religiosa que los dejara solos.

—¿Cómo se siente, Santo Padre?

—Desfallezco, doctor. No tengo fuerzas.

—Debe mantenerse en reposo absoluto. He dado órdenes para que solamente yo y Pacelli nos encarguemos de usted. Cualquier otra presencia le resta oxígeno. Una religiosa entrará cada hora a ver que todo siga en orden, pero es la única intromisión que toleraré. Es por su bien, Santidad.

—Lo entiendo. Sólo deseo tener ánimo suficiente para atender al sínodo que he convocado. ¿Han llegado ya, cardenal Pacelli?

—Casi todos los cardenales y casi la mitad de los obispos. Se están hospedando en espera de que usted pueda estar presente. Le vuelvo a preguntar por qué es tan importante su presencia. Nunca ha guardado secretos para mí.

¿Piensa hablarles de la reorientación de la Iglesia ante Italia y Alemania, como me ha insinuado? Le prevengo que eso puede desatar iras terribles de nuestros actuales amigos en el poder.

—No existen los secretos para usted, cardenal. Un espía es siempre un espía.

—Me ofende delante del doctor Petacci. Usted sabe bien que sólo he servido con lealtad a la Santa Sede.

—Gasparri ya ha muerto. Aunque él lo formó, algo debió de faltarle. Pero yo no tengo fuerzas ya para enmendar su camino.

Con rabia, se dirigió a Petacci:

—Los católicos me escuchan. Radio Vaticano repite como nunca la voz del papa por el orbe. ¡Tengo que prevenirlos sobre Hitler y Mussolini! Tal vez pueda impedir la guerra. ¡Déjeme vivir al menos otras cuarenta y ocho horas!

Pacelli lo escuchó alarmado, pero se guardó cualquier comentario.

—En cuanto a usted, cardenal, le suplico la más absoluta discreción. Sepa, al menos por una vez, obedecerme.

De inmediato, Eugenio Pacelli le narró a Bernardino lo ocurrido. Petacci se había quedado con el pontífice. Era tiempo de terminar con todo eso.

—La necedad de Ratti ya raya en la estupidez, Nogara. Tengo noticias de que ha terminado su encíclica. La piensa divulgar tan pronto esté reunido el sínodo, pero me temo aún más sorpresas.

—¡No lo culpo, eminencia! Es un hombre en vísperas de la muerte, un hombre que sabe que se le acaba el tiempo para arrepentirse.

—Va a perder todo lo que ha ganado para el Vaticano en su pontificado.

—¿Cuándo está programada la audiencia con los obispos italianos?

—Dentro de tres días.

—Habrá que impedir su lectura, de cualquier forma. ¿Qué opina Petacci? Hoy lo veo desmejorado. ¿Empeorará su salud?

—Eso espero. Le he pedido que le administre algo. Me prometió que lo haría.

—Me dijo que usaría la encíclica para prevenir a los católicos sobre Hitler y Mussolini.

—¡También piensa atacar al Duce! Con Alemania por ahora sólo existe el temor de la represalia económica; con Italia, las consecuencias pueden ser funestas: podríamos volver a ser prisioneros del gobierno.

—Y sin otro territorio que estas míseras cuatro hectáreas.

—Si eso ocurre nos podemos olvidar de nuestra participación en la vida económica de Italia. Ahora mismo estamos adquiriendo participaciones significativas en una docena de compañías importantes.

—Temo que es demasiado tarde para convencerlo con argumentos.

—Estoy de acuerdo, cardenal. Ojalá Petacci actúe pronto.

En la tarde del día nueve, Pío XI se sintió mejor y pidió levantarse de la cama.

La estricta vigilancia en la que lo mantenían lo desesperaba. Él mismo consiguió vestirse, con la ayuda de la religiosa que lo dejó escribiendo en su mesa. De inmediato salió a avisar a Petacci de la buena nueva.

—¡El papa recobró la salud! —gritaba la religiosa por los pasillos—. ¡Está escribiendo de nuevo!

Pronto se reunieron frente a la puerta del pontífice sus más cercanos. Eugène Tisserant le llevaba unos documentos que había pedido del Archivio. Nogara y Pacelli llegaron, avisados por otra monja. Petacci fue el último en arribar. Él mismo abrió la puerta sin molestarse en avisar.

—¡No me interrumpan, tengo mucho trabajo! —advirtió Pío XI.

—No lo considero prudente, Santo Padre. Le recomendé que reposara.

—Me siento muy bien, Petacci. Tengo muchos asuntos pendientes. En dos días debo dirigirme a los prelados de Italia en los más severos términos. ¡Déjenme en paz!

—Insisto, Santidad —siguió el médico.

—Aquí el único que da órdenes soy yo. ¡Salgan de una vez de mi habitación!

Obedecieron a regañadientes. Ya afuera, el grupo se miraba sin saber qué hacer.

—Opino que debemos dejarlo unas horas —dijo Tisserant.

—Usted no ha seguido la evolución de la salud del pontífice, cardenal —interrumpió Pacelli—. Es una temeridad que esté levantado.

—Me gustaría saber qué opinan sus otros médicos. Yo lo veo bien.

—El único médico responsable de su salud soy yo, cardenal. Lo siento, no es momento de pedir otras opiniones.

Nogara se dio cuenta de que debía dispersar la atención de aquel lugar; les pidió a todos calma:

—Dejemos que el papa trabaje un rato, luego le volveremos a pedir que descanse. Todos estamos muy alterados en estos días, y creo que no es conveniente que sigamos discutiendo. También requiere silencio.

—Si eso desean, que sea sólo por unas horas —dijo Petacci.

Todos estuvieron de acuerdo y dejaron al doctor al cuidado del pontífice frente a sus aposentos.

A la mañana siguiente, las noticias eran muy distintas.

El doctor había ordenado que no se molestara más al Santo Padre. Toda visita estaba prohibida.

—Ha decaído mucho durante la noche. Tememos lo peor —le dijo al cardenal Pacelli para que lo oyesen los allí reunidos. Apenas amanecía, eran las seis con diecinueve minutos.

Eugène Tisserant preguntó:

—¿No ha pedido hablar con ninguno de nosotros? ¿Se dará cuenta de lo mal que está?

—No, cardenal. Está muy cansado. Pasó una noche terrible, ahora duerme. Por su salud he dado órdenes expresas de que nadie entre a perturbarlo. Debe descansar.

—¿Cuál es su diagnóstico entonces, doctor?

—Sólo puedo decirle que lo considero delicado. Serio. Y ahora, si me perdona, debo volver adentro.

Cerró tras de sí las puertas del departamento papal, en el que sólo se hallaban Petacci, el cardenal Pacelli y su fiel secretario, Umberto Benigni.

En realidad, Achille Ratti había entregado su alma a las cinco y treinta de la mañana. El único en saberlo fue Eugenio Pacelli, quien no se despegó del cuerpo.

Sabía que las huellas eran leves, pero aún así se preocupó:

—¿Ya lo lavó? —le preguntó a Petacci.

—Sí, con ayuda de Benigni, y le puse polvos blancos, pero creo que habrá que embalsamarlo.

—Eso casi nunca se ha hecho en el Vaticano, ¿cómo lo haremos sin despertar sospechas? —dijo Benigni.

—Ustedes encontrarán el pretexto, yo sólo soy el doctor.

—Por cierto, cardenal, encontramos este sobre colgado del cuello del papa —se apresuró Benigni.

Pacelli tomó el sobre de cuero, más bien una pequeña bolsa, y extrajo su contenido:

—Se trata de una carta pastoral que pensaba leer seguramente junto con la promulgación de la encíclica. Es lo que escribía ayer por la tarde y que no encontrábamos.

—Menos mal.

—Viejo necio. La tituló *Nella luce*.

—Pues se le han apagado las luces al pontífice —bromeó Benigni. El chiste no le hizo gracia a Pacelli, quien lo recriminó con la mirada.

Tocaron a la puerta. Se colgó el sobre de cuero en el cuello, luego ordenó:

—Déjalos entrar, Petacci.

Tres cardenales, entre ellos Tisserant, entraron a la habitación. Las dos religiosas lloraban sin consuelo.

En su papel de camarlengo, el cardenal y secretario de Estado Eugenio Pacelli tomó un martillo de plata y golpeó dos veces la frente del papa:

—¿Estás muerto, Pío XI? —preguntó.

Era un rito tan antiguo como el papado, o casi. Debía cumplirlo y anotar el deceso.

Luego le besó la frente y las manos, de acuerdo a la tradición.

Le quitó el anillo del pescador, que debía destruir para que nadie sellara ningún documento con la divisa de Achille Ratti. El protocolo así se lo exigía.

Eugène Tisserant miró el cuerpo sin vida de Pío XI, el extraño color azul de la piel, el polvo blanco con el que lo habían maquillado...

—¿A qué hora murió, doctor? —se atrevió a preguntar.

—Pienso que alrededor de las cinco y media.

—Pero usted me dijo cuarenta minutos después que su estado de salud era delicado.

El hombre no se atrevió a mentir:

—De acuerdo con la evidencia médica, estaba muerto, cardenal, pero debía aguardar a que se cumpliese lo que el derecho canónico obliga para declarar muerto a un pontífice. El camarlengo me instruyó desde hace días en el estricto protocolo vaticano.

—Exijo que se le practique un autopsia —explotó entonces el francés—, y creo que los otros cardenales estarán de acuerdo conmigo.

—Nadie tiene excusa para exponer así la integridad y el cuerpo de Su Santidad. Lo siento, Eugène. Y le recuerdo que en tanto no se realice el cónclave y haya un nuevo papa electo yo soy aquí la autoridad.

—Es la única forma en que sabremos qué ocurrió...

—Lo sabemos ya —interrumpió Petacci—; olvida que he estado a su lado las veinticuatro horas. Es absurdo que pida una autopsia.

—¿No notan el color de su piel? —Tisserant se había desbordado. No era el mismo de siempre, el meticuloso erudito, el mesurado teólogo. Miraba a los otros cardenales, exigiendo que participaran.

No tuvo éxito. Todos estuvieron de acuerdo.

—El color se debe al ataque al corazón que tuvo. Se trató de un infarto masivo, cardenal. Un corazón congestionado.

Pacelli aprovechó la ocasión para exigir a su vez que se embalsamara el cuerpo.

—¡Inadmisible! ¡Ningún papa ha sido embalsamado!

—Se equivoca, Tisserant. La tradición es reciente. Y creo que es lo más conveniente si su cuerpo será expuesto en San Pedro. Deseamos que la memoria de Pío XI, tan amado por su pueblo, permanezca intacta.

Dio órdenes a su secretario, monseñor Umberto Benigni, de que sacara a todos de allí.

Eugène Tisserant subió a su habitación, preso de la rabia y la impotencia. Anotó en el diario lo ocurrido, como hacía siempre. Y luego escribió en francés: «*Ils l'ont assassiné.*»

De nada había servido la carta que con tanto temor había escrito días antes a Pío XI. Ratti no la tuvo en cuenta, pero sus temores habían sido fundados. Sentía rabia. La rabia de la impotencia.

Por último agregó un párrafo en latín: «Monsignor Benigni, un espía doble de la Santa Alianza a la que pertenece Pacelli, ha participado en la conspiración. Trabaja también para Mussolini. Probablemente él consiguió el veneno.»

Terminó de escribir y guardó bajo llave su preciado diario. No sabía por qué razón sólo se atrevía a ese gesto nimio, escribir lo ocurrido, en lugar de denunciarlo a todos los vientos. O sí, claro que lo sabía, ¿quién iba a confiar en un hombre menor de la curia cuando el todopoderoso Pacelli actuaba como camarlengo?

Nadie creería en él.

Pero sabía la verdad. Estaba seguro de lo que había ocurrido: el papa había sido asesinado.

Eugenio Pacelli llamó a su despacho al padre John LaFargue. Era lo último que le quedaba por hacer antes de oficiar la homilía por el deceso de Pío XI.

—Le pido que me entregue la encíclica.

—El borrador lo tenía el Santo Padre.

—¿Alguna otra copia?

—Ninguna. Pío XI así me lo exigió.

—¿Y notas?

—Todo lo tengo aquí —señaló su cabeza—. Él dictaba, me pedía que investigara, pero le insisto, cardenal, me pidió que no escribiera nada más.

—Espero que no me mienta.

—No me atrevería a hacerlo; no por usted, sino por la memoria del pontífice.

Quería creerle. No tenía tiempo, además, para discutir con el jesuita. Detestaba la vanidad de la Compañía de Jesús, su falsa obediencia.

—Lo entiendo, LaFargue. Entonces quizá sea tiempo de emigrar. ¿Me comprende? Europa no será muy segura durante los próximos años, sobre todo para los extranjeros. Se habla ya de la inminencia de la guerra.

—Así lo haré, cardenal, después de las exequias de Su Santidad.

—Está bien, como quiera. Le avisaré al padre general que, de cualquier forma, sus servicios ya no son necesarios.

A la semana siguiente saldría de Italia. En su maleta, John LaFargue no se llevaba copia de la encíclica —no había mentido sobre la petición del papa—, pero tenía en cambio tres libretas con notas y dos cartas de Pío XI con indicaciones precisas.

A nadie dijo nada. Era obediente, pero no insensato, pensó mientras salía de la oficina de Eugenio Pacelli.

Después de todo, hacía tiempo que no visitaba a su familia en Chicago.

Los ojos del cardenal lo herían, filosos como dagas, aún después de cerrar la puerta.

19

—Es más fuerte el amor que toda muerte, dice la sunamita en el Cantar de los Cantares, Shoval —le empezó a hablar Gonzaga, aún aturdido por los medicamentos.

—No te esfuerces mucho, Ignacio. Los doctores han dicho que has perdido mucha sangre. Déjame tomarte la mano.

No lleva el hábito de sor Edith. Nuevamente su vestido negro, los hombros desnudos.

—A veces pienso que nada de todo esto ocurrió, Shoval. Toda la pesadilla que hemos vivido.

—Yo también. Ya tendremos tiempo de hablar de eso, Ignacio. Por ahora es mejor que estés tranquilo.

—Eso es justamente lo que he perdido por venir a Roma, la tranquilidad.

El día anterior lo habían trasladado en la ambulancia a la zona de urgencias del hospital Gemelli. Ella no se apartó de él en toda la noche. Apenas amaneció lo pudo dejar, sedado, en su cuarto. Entonces fue a darse un baño al hotel y al fin descansó un poco.

A las doce regresó al hospital. Ahora Ignacio Gonzaga acababa de volver del sueño.

Ella había sido su sombra en esas horas de ultratumba.

—¿Tú me salvaste?

—Esta vez no. Fue el jefe de la guardia vaticana quien sometió a Francescoli.

—¿Y después? ¿Te quedaste allí?

—Mientras llegó la ambulancia. Tampoco se trata de que te pongas dramático. La bala no se incrustó en tu hombro.

—¿Y Francescoli?

—No me escuchas, ¿verdad? Habrá tiempo para hablar. Ahora tu única actividad debe ser descansar. ¿Prefieres que te seden nuevamente?

—¿Tú crees que puedo estar tranquilo sin saber en qué acabó?

—Encerrado. En este momento deben de estar interrogándolo.

—En Roma.

—No cantes victoria. En la Penitenciaría Apostólica, en el Vaticano.

—Son capaces de exonerarlo. Se contentarán con mandarlo lejos. Seguirá haciendo daño. Él y los que están detrás de él. Pero es problema suyo. He terminado con Roma y con sus intrigas.

—No creo que lo dejen libre tan fácilmente; después de todo, él es el responsable de al menos seis muertes.

—Yo ya no puedo creer en nadie.

La miró. Supo que había exagerado, quiso componerlo:

—Salvo en ti, claro.

—Quizá en mí es en la que menos debías creer. Nunca sabemos quiénes son los otros, Ignacio. Ni siquiera nos conocemos a nosotros mismos.

—Pero Shoval..., yo estoy empezando a hacerlo.

—Es tiempo, de verdad, para descansar. Toma esto.

Le tendió un vaso de papel con una pequeña pastilla rosada que Gonzaga puso en la punta de su lengua. Luego aceptó el agua y la tragó.

—Vas a estar mejor. Necesitas dormir.

Shoval le acarició el pelo durante un rato largo, como a un niño. Gonzaga se dejaba hacer mientras iba cayendo de nuevo en el sueño.

Al despertar parecía no recordar nada. Shoval le informó:

—Francescoli ha declarado todo. Shannon era su brazo ejecutor. El plan era propio. Lo había urdido, o al menos eso declaró, para hacerse con el control de la Compañía de Jesús.

—¿Entonces no ha insistido en lo de la Orden Negra?

—No que yo sepa. A mí se me ha pedido que asista por la tarde, junto contigo, a una de las sesiones del tribunal eclesiástico que estudia el caso. Creo que ha declarado lo que Grothoff quería: que era un plan para lograr la dimisión del padre general. Nada de lo demás.

—Te digo que no puedo creer que algo tan simple requiriera tanta sangre. Van a encubrir la verdadera causa, como siempre.

—¿Y qué hacen en estos casos? ¿Los trasladan a un tribunal civil?

—Nunca. Ocurrió en el Vaticano, ya te lo he dicho. Y se quedará en el Vaticano.

—¿En qué cárcel?

—En ninguna. El secreto se quedará en el Vaticano. A Francescoli lo enviarán recluido a algún monasterio, una vieja abadía. Hay varios lugares así en el mundo, donde van a parar los apóstatas o aquellos que estorban a la curia.

—Lo dices con amargura.

—Es lo que siento, Shoval. Dolor enorme: trabajo para una institución podrida.

—No lo creo. Trabajas para Dios...

—Dios no necesita a la Iglesia. No me necesita con sotana ni en obediencia a los tribunales de la mentira.

—Te darán de alta hoy mismo. Te sedaron por el dolor solamente. La bala apenas te rozó el hombro; te hiciste más daño tú mismo al caer sobre la pila. Pero nada grave, tampoco: siete puntos.

—Estaba aturdido.

—Duerme un poco. Vendré por ti.

El sedante volvía a surtir efecto.

Cuando Shoval Revach entró a la habitación Ignacio ya estaba vestido.

—No quiero regresar a la casa, llévame a tu hotel.

—Tendremos que comprarte una camisa por el camino, no voy a dejar entrar nunca más en mi cuarto a un sacerdote.

—Si me quieres con otra ropa, llévame a una pequeña tienda, con Franco Litrico. Está en la piazza Capitelli... ¿Pediremos un taxi?

—¡Estás loco! He alquilado un coche. Ahora sí estoy de vacaciones.

Subieron a un Volvo blanco. Shoval puso el aire acondicionado y música:

—Es el *Concierto en Re menor* para dos violines de Bach. Toca Schlomo Mintz.

La música llenó por completo el automóvil que salía del estacionamiento del hospital al sol quemante de esa primavera romana.

A Shoval Revach le parecía curioso que Ignacio dedicase su primera salida del hospital a hacerse de un nuevo guardarropa. Se lo dijo:

—No tengo sino alzacuellos y dos trajes negros. También hice un voto de pobreza.

—Creí que sólo de castidad.

—No estoy seguro de que sirvan de algo esos votos.

—Hay una parábola judía que siempre me ha parecido hermosa. Cuando le llega la hora final a Aarón, Dios le dice a Moisés: «Háblale tú de ella, porque a mí me espeluzna.» ¿Te imaginas al propio Dios que no se atreve a hablar de la muerte? ¿Nosotros nos atreveremos algún día a hablar de lo que ha pasado?

—No lo sé. No aún.

La mujer respiró hondo y le tomó la mano.

—¿Qué piensas hacer? ¿Regresarás sin la protección de la Iglesia a Ammán?

—No, por ahora. ¿Hay lugar en tu casa para un huésped?

—Por supuesto, pero primero, al menos, merezco dos días de verdaderas vacaciones. Y no en Roma. Algo le pasa a estas calles. Mira, todo está sucio.

—Y eso que no es Nápoles. Allí los que recogen la basura se ponen en huelga cada dos días y las ratas infestan la ciudad. Te llevaré a mi casa, entonces.

—¿Tu casa?

—Mi guarida, más bien. Un refugio que he usado poco estos años. Está en Cerdeña. Una isla pequeñísima, más bien un islote.

—No cumples muy a la letra con el voto de pobreza...

—Cuando se trata de huir, el dinero familiar sirve. ¿Cómo crees que me he mantenido todos estos años en Jordania? La casa era de mis padres. La isla, prácticamente toda. La casa está en el archipiélago de la Maddalena. Nadie podrá molestarnos allí. Nadie sabe siquiera que existe.

—Entonces no necesitarás ropa —le dijo ella con picardía.

Shoval lo besó en los labios. Ignacio Gonzaga se sintió libre por vez primera. El sastre tendría su ropa en unas horas, le dijeron.

—El tiempo justo para asistir al tribunal y regresar —le dijo a Shoval—. ¿Vamos?

—No así. Yo sigo siendo una monja. Acompáñame a cambiarme. Y tú, arréglate el alzacuello.

—Es la última vez que lo uso.

—Entonces, úsalo bien.

El tribunal, por llamarlo con un nombre que no lo representaba, era otra típica institución del Vaticano. Grothoff lo presidía junto con el presidente de la Penitenciaría Apostólica y dos sacerdotes más.

—Cardenales de la curia, por cierto —le dijo a sor Edith cuando tomaban asiento—; el asunto está arregladísimo.

Los interrogaron por espacio de una hora. Nunca trajeron a Francescoli.

A Gonzaga eso lo irritó:

—¿Y el padre Pietro? —preguntó.

Grothoff cortó de tajo:

—El padre Francescoli ha sido ya interrogado plenamente. Ha confesado su participación en los crímenes. Fue el autor intelectual; Shannon ejecutó a las víctimas. Y ha sido claro también: el fin era hacerse con el generalato de la Compañía de Jesús.

—No se olvide, cardenal, que Pietro intentó matarme. Llevaba una pistola. ¿Yo qué tengo que ver en esa trama?

—Gracias a Dios no dio en el blanco, padre Gonzaga.

Se hallaba aturdido. Sabía que con usted cerca no podría hacerse del poder en la orden. Ya le dije: no logró su objetivo.

—¿Tentativa de homicidio le parece poco?

—No hemos dicho cuál será la pena que el padre purgará, no lo hemos juzgado aún; pero descuide, será muy severa.

—¿Y el banquero en Suiza?, ¿cómo explica su muerte?

—Shannon contrató a dos matones de la Camorra. Francescoli desconoce quiénes eran. Aunque también les pagó por asesinar a otra persona.

—¿A quién?

—A la secretaria del padre Korth, ¿la recuerda? Era...

—Por supuesto.

—Los asesinos tiraron su cadáver en Roma. La policía ha hecho sus investigaciones, pero no ha hallado nada. Ese crimen quedará en el olvido.

—¡Como todos los otros! ¿No han preguntado por sus actividades en la Gregoriana? ¿Por el rector muerto?

—Le recuerdo, padre Gonzaga, que es usted quien está siendo interrogado, no nosotros. Y le recuerdo, también, que usted mató a un hombre. Y eso tampoco saldrá de las murallas de la Santa Sede.

—Lo hice en defensa propia. Cualquier tribunal me exoneraría.

—Éste no es un tribunal cualquiera. Y si desea saberlo ya lo ha exonerado también. Ahora, si nos permiten, tenemos que dictar sentencia en el caso de Pietro Francescoli.

—Sus testimonios nos han sido de mucha ayuda —terminó el presidente de la Penitenciaría Apostólica—. Invaluables.

Un gesto del secretario de Estado, que ya conocían, les indicó que debían retirarse.

Por la noche, después de recoger su ropa, Ignacio la invitó a cenar. Había estrenado uno de sus nuevos trajes, de lino azul y una camisa blanca. Parecía todo menos un antiguo sacerdote. Manejaron hasta el centro de la ciudad, cerca del monumento a Vittorio Emanuele.

La cicatriz en la frente, aún cubierta, era lo único que recordaba en su persona lo ocurrido los días anteriores en Roma.

Después de una larga cola, el camarero del Agata e Romeo los hizo pasar a su mesa.

Tomaban champán para empezar. Shoval fue quien reinició la conversación.

El *antipasto* era inmejorable. Ella pidió *tortino di alici* con salsa al *finocchietto*. Él *crepe di castagne con ricotta di pecora al timo.*

Probaban, cada uno, del plato del otro y se besaban entre los tragos.

—Mañana salimos a tus vacaciones al isolotto Barretinelli. He dado aviso para que preparen la casa.

—No te entiendo. Me habías dicho que nadie conocía el lugar.

—Nadie en el Vaticano. Hay una señora que la mantiene en orden por si algún día decido ir. Como te digo, hace dos años que no viajo. Iremos en yate, además.

La perspectiva de estar unos días con Ignacio la alegraba. Tenía muchas cosas que decirle. Quería hacerlo a tiempo, antes de que lo descubriese por sí mismo. Esa noche, sin embargo, no era la adecuada.

Gonzaga tomó la palabra cuando llegaron los *secondi piatti.*

—Enzo di Luca me escribió una larga carta antes de

morir. No te lo había podido decir en estos dos días. No tuvimos tiempo.

—¿Y qué te decía?

—Corroboraba algunas de nuestras hipótesis, sobre todo las referentes a Eugène Tisserant.

—Yo también sé algo de Tisserant, por cierto. Tengo copia de algunos fragmentos de sus diarios.

—¿Y cómo los conseguiste?

—Un amigo judío que vive en Estados Unidos. Antiguo rabino, Pupko. Ahora se dedica a un negocio más rentable.

—Curiosos, tus amigos. ¿Cómo es que un rabino cambia de oficio tan radicalmente?

—Eso mismo le pregunté la última vez que nos vimos. Su respuesta fue contundente: «Perdí la fe.»

—Gracias. Me has regalado la respuesta que le daré mañana al padre general cuando vaya a despedirme. «Perdí la fe.»

—Pupko me desarmó cuando me lo contó. Pero eso no es importante ahora. Lo que ocurrió y yo tampoco pude contarte es que supe que los diarios de Tisserant, al menos en parte, ya no estaban en Suiza. No se perdieron en el robo de la caja de seguridad del banco.

—¿Y entonces?

—Hace unos años, un donante anónimo los regaló a la Universidad de Columbia. Y lo que descubrió Pupko tampoco es para vanagloriarse. Tu cardenal no era una blanca paloma.

—Nadie en la curia está libre, Shoval. Te diste cuenta en pocos días... Espero.

—El caso es grave. Tisserant ayudó al llamado «Pasillo Vaticano», también llamada «operación Convento».

—¿De qué se trata?

—Un corredor para salvar a los viejos asesinos nazis.

Participó activamente para enviar a antiguos criminales nazis libres a Argentina, donde el gobierno de turno les otorgaba nueva documentación. ¡Ayudó a salir al mismo Eichmann! ¿Cómo es que estaba tan consternado por Pacelli? Él mismo era un férreo anticomunista...

—En esos años, la elección parecía difícil para el Vaticano: estar contra el comunismo implicaba apoyar al nazismo o al fascismo.

—¿Los justificas ahora?

—No, sólo te explico la conducta de Tisserant cuando cumplía órdenes, precisamente de Pío XII ya como papa. No es lo mismo que estar aterrado porque han asesinado a su pontífice. Es un tema de lealtades...

—Siempre me ha parecido que los católicos tienen que administrar al mismo tiempo la eternidad y el pecado. La vida del alma y los apetitos de la carne.

—No tiene caso que sigamos discutiendo. Tienes razón. Tisserant es todo menos un santo. No queríamos llegar a él para descubrir su bondad. Era sólo que esos diarios implicaban a Pacelli como asesino. Eso es lo que nos interesaba.

—Y ésas son, curiosamente, las fechas que no están en Estados Unidos. Son más de diez cuadernos. ¡Nada de 1939!

—Me lo temía. Han hecho muy bien su trabajo. Nosotros también deberíamos olvidarnos de todo esto. Si no existen pruebas, se habrán terminado las muertes.

—¿Por eso no preguntaste nada sobre la Orden Negra en el tribunal con Grothoff?

—Exacto. Si existe más de uno y alguno de los presentes era miembro de la temible secta ejecutora, o si sólo fue un invento de Francescoli, es mejor que nadie sepa que nos sigue interesando.

—Tienes razón.

El mesero les trajo los postres. Compartieron un *millefoglie di Agata*. Bebieron una excelente *grappa*.

El padre general lo recibió personalmente.

—No he tenido tiempo de nombrar a un secretario sustituto, Ignacio —se disculpó después de pedirle que se sentase.

—Ésta es una breve entrevista, padre —dijo Gonzaga—; sólo he venido a despedirme.

—¿Regresa a Ammán?

—No lo sé aún. Mi adiós es más permanente. Me pienso despedir de la Compañía.

—Ahora entiendo por qué ha venido vestido así. Lo veía venir, Gonzaga. Lo supe desde que murió el padre Arrupe. Un día, más temprano que tarde, colgará los hábitos. Lo sabía, pero me duele.

—Es que...

—No le he pedido ninguna explicación. No las necesito. Sólo he de decirle una cosa: usted saldrá por esa puerta y no regresará jamás. Así lo ha decidido, dejará de ser miembro de la Compañía de Jesús.

—No me amenace, padre. No pienso volver.

—No es amenaza. Déjeme terminar, ¡por Dios!

—Perdóneme.

—Le decía que es una decisión inevitable. Dejará de pertenecer a la orden, pero le tengo una noticia desagradable: nunca podrá dejar de ser jesuita. ¿Me entiende?

—Lamentablemente, sí, padre.

—¿Puedo darle un último consejo, Ignacio? No se enamore aún. No de esa mujer.

Gonzaga se levantó de golpe. Le había irritado la intromisión del superior en su vida personal. Se lo dijo.

—No me malinterprete. Es por su bien: yo sé quién es ella. Usted no. Lamentablemente, aún es un prófugo reciente del sacerdocio. Yo la hice investigar y...

—No quiero saber más, padre. He de irme de inmediato.

—No lo culpo. Me da pena, Gonzaga. Pensé que podría prevenirlo a tiempo. Ahora me doy cuenta de que ya está enamorado.

Salieron esa misma mañana del club de yates de Civitavecchia. Él manejaba la embarcación como si lo hubiese hecho toda la vida.

Shoval leía su correo electrónico. Podía conectarse allí mismo, en alta mar. A Ignacio le molestaba que estuviese todo el tiempo pegada a la computadora portátil. Se lo comentó.

—Prefiero hacerlo ahora y poder desconectarme en la isla. Tengo un trabajo, ¿recuerdas?

Lo dicho por el padre general le molestaba aún, lo importunaba. ¿Quién podría ser Shoval que fuese tan grave?

—¿No extrañas el trabajo como forense? —probó por allí.

—Déjame enviar este último correo. Espera.

Tres o cuatro minutos después, le contestó:

—Sí. Desde que entré a trabajar en el Tribunal Superior me hacen falta las horas entre los cuerpos. La adrenalina de estar detrás de una evidencia. Pero el nuevo trabajo tiene sus gratificaciones.

—¿Qué haces exactamente allí?

—Soy, por así decirlo, la experta en criminalística. Apoyo a los magistrados en sus ponencias. Bromeo por eso con los amigos: estoy por vez primera por encima de la ley.

—¿Tienes muchos amigos? —se daba cuenta de que, como le había dicho el padre general, Shoval le era una perfecta desconocida.

—Unos cuantos. En un trabajo como el mío es difícil intimar con nadie. Quizá por eso hasta ahora, no he tenido una pareja que me haya pedido venir a vivir conmigo como tú.

Ella le pidió manejar el yate. Gonzaga se asombró de la pericia con la que lo hacía. La abrazó. Podía ver, a lo lejos, el promontorio en el que descansaba su casa.

Shoval lo besó en los labios.

El beso le supo a sal.

Llegaron a la casa y atracaron en su propio muelle.

Simonetta, la mujer que cuidaba el lugar, les dio la bienvenida, no sin extrañarse de la hermosa mujer que acompañaba a Gonzaga. No hizo comentario alguno y se despidió luego de preguntarle si quería que le comprase algunas cosas para comer.

—Hemos traído todo, Simonetta. No se preocupe por nosotros, estaremos muy bien.

Mientras ella se daba un largo baño, Ignacio Gonzaga, como si fuera uno de los espías que había aborrecido tanto durante los días de su investigación en el Vaticano, hurgó en el ordenador de Shoval Revach; ahora, por fin, le era útil el hebreo del seminario para algo más que comparar versiones bíblicas.

A pesar de haber dudado de su amiga, la comprobación de sus actividades lo dejó helado. Desde aquella vez que tuvo tanta información de Tel Aviv tan rápido, Gonzaga se preguntó si había hecho bien en traerla, si Shoval no ocultaba en realidad algo. No la conocía, ahora estaba seguro de ello.

Se sirvió un whisky y esperó a que la mujer saliese del baño, sin saber qué hacer o qué decirle.

—¿Desde cuándo? —le preguntó.

Shoval estaba apenas cubierta por una toalla. Las largas piernas bronceadas. El cabello aún mojado que le tocaba los hombros desnudos.

—No te entiendo, Ignacio.

—Sabes perfectamente de qué te hablo, Shoval. ¿Desde cuándo me utilizas?

Señaló la computadora abierta y encendida.

—He leído tus informes. Ahora entiendo todo.

—No entiendes nada.

—Eso crees. He sido un estúpido siguiendo tu juego mientras fingías ser algo más que una monja. ¿Te costó trabajo hacerme creer que me amabas?

—Te amo: ésa es una verdad que nada puede ocultar.

—Pero, ¡eres una espía! ¡Me espías a mí!

—Tendrías que haberte dado cuenta. O yo tendría que haber hablado antes, pero no lo hice. Me acobardé. Tú habías empezado a amarme y eso me era también útil. Luego yo también me dejé llevar por la intensidad de tu pasión. Lo que íbamos descubriendo me impedía pensar.

—Pero no te impedía mandar tus informes puntualmente.

—No tienes derecho a espiar en mi ordenador. —Shoval Revach empezaba a impacientarse. Hasta ahora era ella quien había conducido los interrogatorios en su vida. Y las preguntas se las había hecho siempre a cadáveres cuya conversación silenciosa era más parecida a un rompecabezas que a un diálogo. Gonzaga la había desarmado, y ahora se defendía atacando.

—El derecho me lo da haber sido espiado por ti todo este tiempo. La ley del talión, tan cara a los fariseos como tú.

—No sigas, Ignacio. No tiene caso hacernos más daño.

Tenía razón. Guardó silencio. En su rostro no había rabia, sólo decepción.

Pensó entonces en lo que había perdido. Cerró los ojos. El *Instituto* —como llamaban alegremente al Mossad— lo había usado para llegar a su propio fin: impedir la beatificación de Pacelli. Se lo comentó con ironía y luego le preguntó, enardecido:

—¿Qué les dirás a tus jefes? ¿Misión cumplida? ¿Cuándo volverán a asignarte otra? ¿Hasta cuándo piensas seguir mintiendo?

—¿Quieres que te conteste todas las preguntas o prefieres que me concentre en alguna? —ironizó Shoval.

—Me da igual. No sé siquiera si deseo escucharte.

—Estamos solos, en una isla. Puedes pedirme que me vaya. Podemos fingir que no ha pasado nada...

—¿Fingir? Eres una artista en eso. Y yo que pensé que te obligaba a disfrazarte, sor Edith. ¿Quién eres de verdad?

—Esta que tienes enfrente. Esta cuyos abuelos murieron en un campo de concentración. Esta que vive en un país donde la muerte no importa y que no conoce descanso. Esta que un día se vio reclutada por el Mossad y creyó que era una forma de servir a su patria. Esta que viajó contigo para tener unas vacaciones juntos y que luego tuvo que avisar en Tel Aviv lo que estaba ocurriendo y recibió instrucciones precisas acerca de lo que debía hacer. ¿Puedes entenderlo? A nosotros tampoco nos parecía justo que Pacelli se convirtiese en santo. Ésa es mi única culpa. Soy esta que se enamoró de ti. ¿No te alcanza?

Shoval Revach intentó besarlo. Esta vez no era un juego, ni buscaba seducirlo. Era una forma de continuar la batalla.

Dos luchadores que se trenzan y que utilizan su fuerza para debilitar al oponente. Ignacio la separó con brusquedad.

—Creo que no tenemos nada más que decirnos, Shoval.

—¿Primero casi me secuestras y ahora piensas deshacerte de mí?

—Quizá sólo estábamos escapando. No me importa lo que hagas con tu vida. Yo, al menos, debo regresar.

—Para regresar al fin, Ignacio, nos faltan muchas batallas —intentó nuevamente ella.

—No me interesa combatir contigo. Puedes también emprender la retirada o anunciar a tus jefes que has triunfado. Déjame solo. Por favor, Shoval, no prolongues mi dolor.

Gonzaga se encerró en su cuarto.

Shoval, enfurecida o confundida, salió a la playa, dejándolo solo con su ira. Pensó en que lo único que le quedaba era olvidar. Tomó el yate que Gonzaga le había ofrecido al final de la pelea y lo puso en marcha.

No volteó a mirar la isla.

Ignacio Gonzaga estaba en la ventana, contemplándola alejarse con la cabellera al viento, la embarcación a toda velocidad. Amanecería de cualquier forma; todo volvería a comenzar, se dijo. Lo cierto es que ya empezaba a extrañarla.

20

Ciudad del Vaticano, 1939

Era tiempo de hacer política. Había pocos días para convencer a los cardenales de su candidatura, para deshacer cualquier posible alianza que no lo favoreciera. Francia lo apoyaba, así se lo hizo saber Georges Bonett, el ministro de Asuntos Exteriores. Le ofreció convencer a los ingleses. Por su parte, Pacelli se encargó de que el representante británico ante la Santa Sede opinase lo mismo. Cenó en privado con D'Arcy Osborne, quien le aseguró que el Foreign Office haría un informe muy positivo.

El embajador francés ante la Santa Sede, François Charles-Roux, le comunicó que un solo cardenal francófono había negado su voto:

—Tisserant —le dijo Pacelli sin chistar.

—¿Cómo lo sabe?

—Era de suponer. Es un hombre débil que prefiere un papa débil. He sabido que busca imponer a Maglione, el antiguo nuncio en París.

—¿Y los alemanes?

—Mañana me reúno con ellos. Lo mantendré informado para que refuerce cualquier pacto posible.

Y así lo hizo. Con la ayuda del doctor Petacci, convenció a Clara de proponerlo ante Mussolini. Dos horas después, el embajador italiano en el Vaticano, Bonifacio Pignatti, se reunió con el embajador Diego von Bergen para asegurarle que Pacelli era la preferencia de Il Duce.

—Así opina también Der Führer.

—Doce años como nuncio en Alemania. No habrá nadie más germanófilo que él.

—¿Qué me dice de Maurilio Fossati o de Elia dalla Costa? ¿Como italianos tendrían el apoyo de Mussolini?

Pignatti moderó su respuesta:

—Ambos son pro fascistas. Serían buenas cartas...

—¿Pero?

—Pero no tienen fuerza: nos arriesgamos a que aparezca un tercero en discordia cuyas filiaciones desconozcamos.

—¿No dicen que quien entra papa al cónclave sale cardenal? Apoyar en exceso a Pacelli puede traernos consecuencias graves.

—No es un cónclave cualquiera, Diego. Estamos al borde de una guerra. Los cardenales mismos querrán un hombre experimentado en política exterior. Es el tiempo de Pacelli.

Acordaron el apoyo.

Por la tarde, sin embargo, Pacelli se enteró de que el *Obersturmbannführer* Albert Hartl estaba interesado en el cónclave y había mandado por su cuenta a un espía, Taras Borodajkewycz.

Fue Benigni quien trajo la noticia.

—Umberto, ¿quién es Borodajkewycz?

—Un vienés de origen ucraniano. Estudió teología. Lo reclutaron hace dos años.

—La misión que le han encargado se llama *Eitles Gold,* según nuestros informantes.

—¿Oro puro? Van a comprar el cónclave, Benigni...

—Taras custodia el oro que viaja ya en tren rumbo a

Roma. El propio Führer lo autorizó. El Reichsbank otorgó los lingotes a la gente de Himmler hace cuatro días.

—Lingotes del Reichsbank. Van a tener que fundirlos si quieren utilizarlos para sobornar a alguien. Busca al Mensajero. Es un trabajo para él. Hay que interceptar a Borodajkewycz y convencerlo de que Estorzi puede ayudarlo.

—¿Y luego, cardenal?

—Luego nos deshacemos del teólogo vienés cuanto antes. Yo voy a estar bajo llave en la Capilla Sixtina, tengo que confiar en ustedes. Ningún cardenal debe recibir ni un gramo de oro.

—De acuerdo. Así lo haremos.

—Y de inmediato fundan el oro. Nogara sabrá dónde o cómo. Quiero esos lingotes con el escudo del Vaticano antes de que haya humo blanco.

—¿Y si el cónclave no nos favorece?

—Eso no ocurrirá nunca, Benigni, descuida: dije que estaré bajo llave, no paralizado.

—Le pediremos a alguien del Sodalitium Pianum que se deshaga del espía vienés.

—No, mejor que sea el propio Mensajero. Y que deje claro que no se trata de la Santa Alianza ni del Soladitium. Esta vez se tratará de la Orden Negra, Benigni.

El antiguo espía de Benedicto XV sabía exactamente a lo que se refería Pacelli. La solución le pareció perfecta.

Una vez que fuera elegido pontífice hablaría con Luigi Maglione para evitar mayores problemas, lo necesitaba cerca. Lo haría su secretario de Estado y lo obligaría a compartir la responsabilidad de la guerra.

La tormenta empezaría pronto, le habían dicho. Y necesitaba aliados. Era un hombre pragmático y sin amigos.

Sin embargo, un asunto mundano exigía su atención.

—Umberto, otra cosa.

—Ordene, cardenal.

—Cuando salga del cónclave, prométeme que te habrás deshecho de los dieciséis vehículos de Ratti, particularmente de los deportivos. Nunca más las autoridades detendrán a un papa por conducir con exceso de velocidad. Hay que eliminar todo elemento ridículo de la vida personal. He de parecer un santo, sólo así podrán postrarse ante mí los poderosos.

«¡Calla, que tu amigo te escucha!», podría haber sido la divisa en los pasillos del Vaticano. Un antiguo espía es, por definición, un hombre que recela. Un papa que fue espía es un escéptico por naturaleza: alguien sin corazón, sólo con alianzas. Y siempre efímeras y temporales.

Al fin, después del cónclave más corto posible, apenas medio día, oía las palabras del nuevo camarlengo. Él había cedido el cargo al encontrarse cercano al papado, en la segunda votación, seguida de una *fumata* negra, la segunda y última, cuando el cardenal Maglione consiguió más votos que él, treinta y cinco para ser exactos. Poco después, a las 5.25 de la tarde, Eugenio Pacelli obtuvo cuarenta y ocho votos. Había sido el cónclave más corto en trescientos años.

—¿Qué nombre llevarás?

—Pío XII —se le oyó decir.

Le felicitaron y lo acompañaron a la *camera lacrimosa*, donde por primera vez habría de vestirse de blanco. La madre Pascualina lo acompañó en el trance, ese momento en que se deja de ser hombre y se pasa a ser el heredero de Cristo en la Tierra, su vicario.

Rezó en el reclinatorio, frente a la Virgen, recitando las palabras del Señor a Jeremías:

Las pronunció en latín, en voz alta:

—«Tú cíñete, por tanto, los costados, levántate y diles todo lo que yo te ordenaré. No tiembles ante ellos, de lo contrario, te haré temblar ante ellos. Hoy te constituyo en fortaleza, en muro de bronce frente a todo el país, frente a los reyes de Judá y sus jefes, frente a sus sacerdotes y el pueblo del país. Combatirán contra ti, pero no te vencerán.»

—Amén —dijo la madre Pascualina, y ambos se santiguaron.

Veinte minutos más tarde se escuchó una voz:

—*Habemus papam!* —dijo el camarlengo, y salió humo blanco de la chimenea de la Capilla Sixtina.

Se abrieron las ventanas y aquel que nunca más sería Eugenio Pacelli fue presentado como Pius Duodecimus.

—¡Viva Pius Duodecimus! ¡Viva el papa! —se oyó a la multitud en la *piazza*.

El nuevo pontífice dio su primera bendición *urbi et orbi*.

Aquél era el papado de un espía: el papado del silencio.

Cuatro días después llamó a los cardenales de habla alemana.

—Eminencias, tengo que decirles desde ahora, antes de que esto pueda malinterpretarse o causar extrañeza, que yo seguiré dirigiendo los asuntos alemanes de la Iglesia, como lo he venido haciendo desde que fui nuncio en la República de Weimar.

Innitzer contestó:

—No esperábamos otra cosa de usted, Santo Padre. Confiamos en su buen tino.

Bertram, Schulte y Von Faulhaber no expresaron opinión alguna, pero sus rostros lo decían todo.

—Les leeré este borrador. Es una carta que enviaré mañana a Adolf Hitler. Escuchen: «Al ilustre Herr Adolf Hitler, Führer y canciller del Reich alemán. Al comienzo de nuestro pontificado deseamos asegurarle que seguimos comprometidos con el bienestar espiritual del pueblo alemán confiado a su liderazgo.»

—Después del camino andado por nuestro amado Pío XI, ¿no le parece un retroceso? —se atrevió Faulhaber.

—Un retroceso sería enemistarnos con Hitler. ¿No se dan cuenta de que somos nosotros, los católicos, los que saldríamos perdiendo?

—¡Deje que el pontífice termine su lectura! —amonestó Innitzer.

—Le agradezco, cardenal. «Ahora que las responsabilidades de nuestra función pastoral han aumentado nuestras oportunidades, rezamos mucho más ardientemente por el logro de ese objetivo. ¡Que la prosperidad del pueblo alemán y su progreso en todos los terrenos llegue, con la ayuda de Dios, a colmarse!»

Se despidió de los cardenales como lo haría con todo el mundo, con un gesto. Los cuatro hombres salieron de allí expresando sus felicitaciones a un papa que los ignoraba.

Después de lavarse las manos y de tallarse con rabia las encías en su baño, llamó a la madre Pascualina:

—¿Ha llegado ya el Mensajero?

—Está esperando. Lo he hecho pasar a mi oficina para que no sea visto.

—¿Recuerdas, Josephine, cuando nos conocimos?

La religiosa asintió. Hacía años que no la llamaba por su nombre real.

—¡Tiempos sin obligaciones, aquéllos! Reponiéndome en un balneario.

—Pero nunca habría entrado a su servicio, Santo Padre, de no ser por la búsqueda de un ama de llaves en la nunciatura de Munich.

—¿Por qué decidiste postularte?

—Desde que lo conocí, supe que debía servirlo, que usted era un santo.

—¿Un santo? No vengas con bromas. Tú mejor que nadie me conoce. Sabes que he tenido que hacer cosas muy poco santas.

—Los tiempos exigen sacrificios, lo sé. Y de pronto parece que no hay medio injustificado para lograr nuestros propósitos. Hay buenas acciones que, en cambio, provocan mucho sufrimiento. Después de la encíclica *Mit brennender Sorge* de Pío XI comenzaron las persecuciones, los encarcelamientos brutales. Más de trescientos sacerdotes siguen prisioneros en Dachau.

—¡Cuánta razón tienes!

—Entiendo lo que ahora les ha propuesto a los cardenales alemanes. Sólo le aconsejo algo, si Su Santidad lo permite.

—¡Déjate de nombres y rangos! Dime, por favor...

—Si comienza la guerra, practique el mismo juego con los enemigos de Alemania. Los gobiernos son terrenales, efímeros. El Santo Padre es eterno.

La monja se santiguó mientras lo decía y escuchaba a Pío XII, el nuevo pontífice, su papa, que le decía con dulzura:

—Tú siempre me has entendido, Josephine.

Acarició la mejilla de la monja, quien le devolvió una sonrisa beatífica: la comprensión de una madre.

—El Mensajero debe de estar nervioso —se disculpó la madre Pascualina al ver lágrimas en los ojos de Eugenio Pacelli; el hombre, no el papa, quien le dijo:

—Hágalo entrar.

La fiel religiosa obedeció sin chistar, como lo haría siempre. Desde ese día, más que una monja había un general que velaba noche y día por el nuevo heredero de San Pedro. Nadie sin su consentimiento lograría jamás ver al papa Pacelli. Algunos, en sorna, terminaron llamándola la *Papisa.* Josephine Lehnert había dejado de existir hacía muchos años, ahora era sólo Pascualina.

—Estorzi, al fin regresas. ¿Cómo terminó la operación?

—Bien, Santidad. De acuerdo a lo planeado.

—¿Y el oro?

—Los tres millones de marcos alemanes en oro partieron anteayer a la isla de Murano; se fundieron según sus instrucciones y volvieron a formarse con el escudo vaticano en cada uno.

—¡Qué absurdo, querer comprar el cónclave!

—Lo importante fue interceptar la operación.

—He vigilado a Hartl durante los últimos tres años mientras él cree que me espía a mí. Su peor tontería fue llamar a la operación *Eitles Gold, operación Oro Puro.* Demasiado obvio, ¿no cree? «Oro puro» transportado en tren por gente de Himmler. Lo imaginé desde el principio, buscaban que Maglione ganase.

—¿Y Borodajkewycz?

—Todo realizado según sus instrucciones. Lo colgamos de la viga de un templete. En el mismo parque que acordamos. Con la tela dentro de la boca, para que no quede duda.

—El miedo es una de las armas del poder, Estorzi. Revivir la Orden Negra es algo más que un gesto simbólico. Por ahora, al menos, quedará así. Debemos buscar a otros diez hombres que te acompañen. Hombres de fe, ¿me entiendes?

—A la perfección, Santidad. Los escogeremos con cuidado.

—Y sin prisa. El peor enemigo de quien busca la lealtad es la prisa. Alguna vez los miembros de la Santa Alianza fundaron un grupo que llamaron Fidelidad y Misterio. ¡Que ésa sea nuestra divisa!

Cuando Estorzi salió, Pío XII se permitió pensar en su antecesor, el viejo Ratti. Lo recordó recién embalsamado, con el rostro inflamado, aparentemente tranquilo. Pensó en sus tribulaciones e intentó comprenderlo, sin éxito. Eran dos hombres opuestos.

—Eres un insolente, Pacelli —le dijo en uno de sus últimos días, cuando se complacía en insultarlo.

¡Qué poco lo había comprendido el viejo alpinista! Ahora recordaba su respuesta:

—Lo siento, Achille. Cuando se pasean los impíos, los insolentes son los que más destacan entre los hombres.

Ahora era libre, aunque de pronto lo asaltase el recuerdo. No era una empresa fácil ser pontífice máximo. Eugenio Pacelli no desperdiciaría la oportunidad por la que había trabajado con tanto ahínco.

En el Vaticano, el sol se ocultaba y la noche hacía que desaparecieran las sombras.

Ignacio Gonzaga intentaba dormir, con las piernas encima de las sábanas, acalorado. La isla, al menos, era un consuelo. Las olas golpeaban las rocas en las que estaba sostenida la casa del antiguo jesuita, su guarida. Lamía el mar los cimientos de su única fortaleza inexpugnable. Se oían las olas debajo de los grandes ventanales.

Qué fácil había sido de pronto para el hombre pasar de los ojos de la mujer al cielo, y luego devolverlos al rostro húmedo del mar. Ahora Shoval no estaba. Nunca había estado con él. Volvió a percibir el peso de su ausencia empañado por la rabia de sentirse usado.

Una niña perdía a su madre en un campamento de refugiados en el desierto. Una religiosa la abrazaba mientras se llevaban el cadáver a incinerar. La muerte seguía siendo la dueña y señora de los días. La arena resplandece como una fosforescencia. El desierto nos despoja de todo lo banal, de todo lo relativo. Lo esencial queda allí expuesto como una piel desnuda. Pero los habitantes de ese lugar no están para metafísicas. El territorio es guerra, supervivencia. El mar no es paisaje ni pasaje: sólo unos cuantos peces, si se tiene suerte.

El dolor y el odio no eran sentimientos, sino cuerpos.

En un monasterio de los Cárpatos, el cuerpo de Pietro Francescoli colgaba inerte de la viga más resistente de su habitación.

Una nota de suicidio nerviosamente redactada por su propia mano descansaba sobre la cama, exculpando a los demás de su muerte. Y una esquela que parecía escrita por la misma mano:

He aquí, yo envío mi mensajero, el cual preparará el camino delante de mí; y vendrá súbitamente a su templo el Señor a quien vosotros buscáis, y el ángel del pacto, a quien deseáis vosotros. He aquí que viene, ha dicho Jehová de los ejércitos.

El cardenal Grothoff recibió la noticia del deceso pocos minutos después de ocurrido:

—Ha sido ejecutado sin mácula —oyó la voz que hablaba detrás del teléfono.

—¿Escribió la nota antes de morir?

—Por supuesto, eminencia. Temblaba como una hoja mientras le apuntaba con la pistola, pero la escribió.

El Mensajero había dejado dentro de un bolsillo del pantalón, de acuerdo a las instrucciones, un pedazo de tela negro con dos franjas rojas. Los enterados debían de conocer la verdad. La Orden Negra debía recomponerse ahora, expulsada la escoria. La verdad duele como un nervio que hay que adormecer antes de extirpar el diente.

—Toda la carne es hierba... —dijo Grothoff al colgar la llamada.

Estaba solo. Pronunció en voz alta:

—Es tiempo de descansar.

Por vez primera en las últimas semanas, el secretario de Estado parecía dormir sin sobresaltos.

Una pesadilla lo despertó. Desde el fondo de la noche, una voz le gritaba, con Malaquías, el mismo que había usado para la última nota de la Orden Negra: «¡Una advertencia a vosotros, sacerdotes! He aquí que os romperé el brazo y os arrojaré excrementos al

rostro, los excrementos de las víctimas inmoladas en vuestras so-
lemnidades para que se os lleven consigo.»

Sudaba. Había empapado las sábanas. Necesitaba un consuelo.
Se hincó y comenzó a rezar.

La luna llena bañó al hombre, le colocó encima un halo como
el que sin notarlo llevan los santos. El halo se prolongó en su silue-
ta dibujada en el piso. Muy poco definía la luz blanca, diagonal.
Grothoff, sin embargo, contempló su sombra y por vez primera en
su vida sintió un miedo irrefrenable: el pánico instantáneo de
quien conoce el tamaño del infierno.

BIBLIOGRAFÍA

—

Muchos libros ayudaron a la confección de esta novela. En el laberinto vaticano pude guiarme gracias al hilo de Ariadna de los excepcionales *Vatican Archives: an Inventory and Guide to Historical Documents of the Holy See,* de Francis X. Blouin (Oxford University Press, Londres, 1998); David Yallop, *El poder y la gloria* (Temas de Hoy, Madrid, 2007); Jason Berry y Gerald Renner: *Vows of Silence: the Abuse of Power in the Papacy of John Paul II* (Free Press, Nueva York, 2004); John Follain, *City of Secrets, the Startling Truth Behind the Vatican Murders* (Harper Collins, Nueva York, 2003), y David Gibson, *The Rule of Benedict: Pope Benedict XVI and His Battle with the Modern World* (Harper Collins, Nueva York, 2007).

Para entender el terrible papel de Eugenio Pacelli en la Europa fascista tuve a la mano el libro más reciente y documentado de John Cornwell (a quien el Vaticano le abrió por vez primera y única los expedientes del papa Pío XII): *El papa de Hitler: la verdadera historia de Pío XII* (Planeta, Barcelona, 2000), que a pesar de su título no afirma que el papa fuera pro nazi. El excepcional libro de Cornwell levantó polémica y a partir de él se ha hablado del mito de que Pacelli fue el papa de Hitler. El autor les responde en la nueva edición (2008) con un prefacio magistral. Peter Godman: *Hitler and the Vatican: Inside the Secret Archives that*

Reveal the New Story of the Nazis and the Church (Free Press, Nueva York, 2007). De otra índole, demasiado militante pro judío, lo que oscurece muchos de sus juicios, sigue siendo útil por lo documentado el texto de Daniel Jonah Goldhagen: *La Iglesia Católica y el Holocausto* (Taurus, Madrid, 2002). De mejor factura y excepcional documentación es el ya clásico *The Vatican Exposed: Money, Murder and the Mafia* (Prometeus Books, California, 2003), de Paul L. Williams.

Sin embargo es Susan Zuccotti, a mi juicio, quien deja claro de una buena vez el papel de la Santa Sede en el Holocausto en su gran estudio *Under His Very Windows: the Vatican and the Holocaust in Italy* (Yale University Press, New Haven, 2002).

Uno de los criptólogos más interesantes, Simon Singh, y su *Los códigos secretos. El arte y la ciencia de la criptografía, desde el antiguo Egipto a la era de Internet* (Debate, Barcelona, 2000) me ayudaron a dar con la clave del código verde.

En material de espionaje vaticano, los libros del peruano Eric Frattini son referencia obligada, sobre todo, *La Santa Alianza, cinco siglos de espionaje vaticano* (Espasa Calpe, Madrid, 2004). También es útil el libro de Thomas P. Doyle, A. W. R. Sipe y Patrick J. Wall: *Sex, Priest, and Secret Codes: the Catholic Church's 2,000-Year Paper Trail of Sexual Abuse* (Volt Press, Washington, 2006).

El imprescindible *Hitler's table talk* (Enigma Books, Londres, 2000), presentado por Hugh Trevor-Roper, y el cuidadoso recuento de Robert Jay Lifton: *The Nazi Doctors: Medical Killing and the Psychology of Genocide* (Basic Books, Nueva York, 2000), así como el estudio de conjunto de Michael Burleigh: *El Tercer Reich, una nueva historia* (Taurus, Madrid, 2002), me sirvieron para adentrarme en el mundo nazi y sus entretelones.

Sin embargo, este libro le debe también su existencia a diversas personas que por pertenecer a órdenes religiosas o estar dentro de la propia curia vaticana no puedo mencionar. Y, como en muchos de mis libros, a quienes anotaron el manuscrito con paciencia: Jorge Alberto Lozoya, José Prats, Alberto Castellanos, Juan Gerardo Sampedro, Carmina Rufrancos y Gabriel Sandoval en México. Susana Sánchez y Ricardo Baduell en Barcelona, quien corrió el maratón por este libro con especial tino, por cierto. Mención aparte merece Willie Schavelzon, mi agente, gran lector y amigo; con paciencia anotó y subrayó el texto antes de lanzarse a defenderlo por el mundo. Huelga decir que los errores y las necedades que quedan son míos.

El *sub secreto pontificio* sigue siendo complejo y permite que, como afirma Hans Küng, el papa sea el único monarca absoluto que queda en el mundo. El lector más ansioso aún tiene la posibilidad de investigar dentro del Institute of Documentation for the Investigation of Nazi War Crimes, de Haifa, donde podría aclarar muchas de las actividades de Pío XII que el Vaticano aún se niega a admitir.